루이 비뱅,
화가가 된
파리의 우체부

루이 비뱅,
화가가 된 파리의 우체부

박혜성 지음

한국경제신문

꿈을 이루기 가장 좋은 때

루이 비뱅,
화가가 된
파리의 우체부

62세의 루이 비뱅(Louis Vivin, 1861~1936)은 캔버스 앞에 앉아 붓을 잡았다. 이내 그의 캔버스에는 노트르담대성당(Cathédrale Notre Dame de Paris)이 세워지고 파리를 가로지르는 센강이 흐르며 아름다운 샹송이 피어났다. 일상을 즐기는 파리지앵, 춤추는 발레리나, 잘 차려입고 산책하는 파리 신사들 등 그의 손끝에서 그림 한 점이 채워질 때마다 청춘에는 허락되지 않았던 화가로서의 새로운 인생이 조금씩 완성되어갔다.

파리 교외의 작은 마을에 살았던 소년 비뱅의 꿈은 화가였다. 하지만 그 시절 대부분 가정에서 그랬듯 아버지의 반대와 재정적인 이유로 꿈을 포기했고 성인이 되고 나서는 돈을 벌기 위해 파리로 갔다. 이후 비뱅은 42년간 파리의 우체국에서 근무하며 가장의 의무를 성실히 수행했다. 그리고 퇴직 후 오랜 꿈이었던 캔버스 앞에 다시 앉았다. 누군가는 뭔가를 시작하기에 너무 늦은 나이라고 말했지만 비뱅에게는 그림을 그리기 딱 좋은 때였다. 비뱅은 '즐길 수 있다면 그때가 가장 좋은 때다'라는 생각으로 그림에 깊이 빠져들었다. 평생 우체부로 지내며 그림을 전문적으로 배운 적도 없고 예술적 교류조차 없었지만 비뱅의 작품에는 역설적이게도 세상 어디에도 없는 독창성과 진지함이 있었다.

당시 예술가의 거리 몽마르트르에 살았던 비뱅은 가끔 자신의 그림들을 집 앞 전시장에 내놓았다. 그러다 우연히 미술사학자이자 화상(畵商)인 빌헬름 우데(Wilhelm Uhde, 1874~1947)의 눈에 띄었고 마침내 우데는 비뱅을 포함한 여러 소박파(정규 미술교육을 받지 않고 독학으로 늦은 나이에 미술에 입문한 화가들이 사실적이고 고전적인 구상을 그리는 양식) 화가들의 그림을 모아 정식 전시회를 열었다. 반응은 뜨거웠다. 파리의 일상을 그린 비뱅의 그림은 관람객에게 당신도 주인공이 될 수 있다고 말하는 것 같았다. 그림에 담긴 따뜻한 시선과 아이 같은 천진함은 사람들에게 감동과 위안을 주었다. 비뱅의 그림을 본 파리 시민들은 그를 '행복한 화가'라 부르며 그의 작품과 열정에 찬사를 보냈다. 이후 비뱅은 73세에 뇌졸중으로 한쪽 팔에 마비가 올 때까지 그림을 그렸다.

비뱅이 활동했던 시기는 미술사에 인상주의, 야수주의, 입체주의, 추상주의, 초현실주의와 같은 큰 변화의 바람이 휘몰아치던 시기였다. 그러나 비뱅은 이런 기류와는 상관없이 작은 엽서나 책의 삽화, 주변 풍경 등 가까운 곳에서 소재를 찾아 화폭을 채우던 순수한 영혼의 화가였다. 따라서 이 책에서 그려나갈 이야기는 위대한 화가의 이야기가 아니다. 우리에게 이름조차 생소한 비뱅이 파리의 우체부로 정년 퇴임한 후 그림을 그리며 행복한 화가가 되었다는 어쩌면 소박한 이야기다. 비뱅은 홀로 그림을 그린 소박파 화가로 생전에 크게 이름을 알린 화가도 아니었고 미술계의 주류도 아니었다. 하지만 1936년 비뱅이 세상을 떠난 직후부터 2020년까지 비뱅이 포함된 소박파의 전시가 끊임없이 이어지면서 파리, 미국, 독일을 순회하고 뉴욕현대미술관(MoMA, 모마)에 12차례 초대되기도 했다. 또 비뱅의 작품은 모마, 영국 국립미술관 테이트갤러리(Tate), 파리 디에나 비에니 갤러리(Galerie Dina Vierny)에 소장·전시되며 지금도 많은 이들에게 감동을 선물하고 있다.

이 책에 실린 비뱅의 여정에는 그의 인생이 녹아 있는 그림 이야기는 물론 어니스트 헤밍웨이(Ernest M. Hemingway, 1899~1961), 카미유 코로(Camille Corot, 1796~1875), 귀스타브 쿠르베(Gustave Courbet, 1819~1877), 파블로 피카소(Pablo Picasso, 1881~1973), 빈센트 반 고흐(Vincent van Gogh, 1853~1890) 등 많은 예술가가 등장한다. 헤밍웨이의 '이 세상에 그 무엇도 단순한 것은 없었다'라는 말처럼 한 사람의 인생이 완성되는 데는 여러 사람의 크고 작은 이야기들이 직간접적으로 얽혀 있는 것이다.

이 책은 꿈을 찾는 사람들, 꿈꾸던 일을 늦게 시작한 사람들, 인생을 재미있게 살고 싶은 사람들에게 희망과 위안 그리고 가능성을 보여준다. 비뱅에게 꿈이란 한계가 없는 것이었다. 그가 현실적인 여건과 환경, 시간, 나이와 같은 어찌할 수 없는 조건들에 얽매여 있었다면 우리는 오늘날 그의 사랑스러운 그림들과 그 속에 담긴 감동적인 이야기를 만나지 못했을 것이다. 비뱅의 인생은 현재를 열심히 살아가는 이들에게, 그러면서도 가슴 한편에 꿈을 품고 살아가는 이들에게 이정표가 되어줄 것이다.

이 책의 마지막 파트인 '장소를 그리다'에는 비뱅의 그림 속 풍경과 함께 몇 년 전 내가 다녀온 파리의 스케치를 실었다. 책을 덮기 전 예술과 낭만의 파리가 독자 곁에 잠시 머물다 종국에는 파리 여행을 꿈꾸게 했으면 한다.

이 책이 나오기까지 많은 시간을 기다려준 한국경제신문사의 최경민 편집자와 빌헬름 우데의 1949년판 책을 힘들게 구해준 큰아들 이영근 교수에게도 감사 인사를 보낸다. 끝으로 헨리 데이비드 소로(Henry David Thoreau, 1817~1862)의 《월든》 속 한 문장으로 꿈이 있는 모든 사람에게 행운이 함께하길 뜨겁게 기원한다.

"자신 있게 꿈을 향해 나아가고 상상해온 삶을 살려고 노력하면 일상 속에서 예상치 못한 성공을 이룰 것이다."

화줌마 박혜성

PART 1

인생을 그리다
그림을 사랑하던 소년, 파리의 우체부가 되다

PART 2

꿈을 그리다
외톨이 화가, 파리의 낭만을 담다

PART 3

행복을 그리다
비뱅, 행복한 화가가 되다

PART 4

장소를 그리다
비뱅, 파리의 아름다움과 사랑에 빠지다

그림을 사랑하던 소년,

파리의 우체부가 되다

PART 1

인생을 그리다 ——

1

봉주르, 파리!
너의 꿈은
뭐니?

헤밍웨이는 "젊은 시절 한때를 파리에서 보낼 수 있는 행운이 그대에게 주어진다면, 파리는 마치 움직이는 축제처럼 평생 당신 곁에 머물 것이다. 내게 파리가 그랬던 것처럼"이라고 말했다. 빛나는 20대 시절, 7년을 파리에서 살았던 헤밍웨이는 새내기 소설가로 생활은 궁핍했지만 찬란한 시간을 보냈다. 재기 발랄하고 자신감이 넘쳤던 그는 파리에서 다방면의 예술가들과 교류하며 열정적인 삶을 누렸는데 이때의 기억들이 오늘날 명작이 된 그의 작품 속에 오롯이 담겨 있다.

루이 비뱅
오르세역
Gare d'Orsay
1925

루이 비뱅
노트르담대성당
Notre-Dame
1930
예술 및 고고학 박물관, 상리스

루이 비뱅
프랑스 풍경화
Peinture de Paysage Français
1890

루이 비뱅
화가의 부모 초상화
Portrait des Parents de l'Artiste
1925

헤밍웨이에게 파리가 '낭만'이었다면 어떤 시골 청년에게는 '현실'이었다. 파리에서 312킬로미터 떨어진 에피날(Epinal) 근처 작은 마을 아돌(Hadol)에서 취업을 위해 대도시 파리로 이주한 스무 살의 비뱅이 바로 그랬다. 그가 선택한 파리에서의 첫 직업은 우체부였다. 그리고 61세 나이로 퇴직할 때까지 그는 우체부로 편지를 전하며 파리의 풍광과 센강을 따라 흐르는 바람, 편지를 받는 이들의 소중한 순간들을 눈에 담았다.

시간의 흐름은 모든 것을 희미하게 만든다지만 시간이 흐를수록 덧입혀지며 선명해지는 것들도 있다. 비뱅에게는 바로 현실을 이유로 잠시 접어두었던 어린 시절 소중한 꿈이 그랬다. 비뱅의 오랜 꿈은 화가였다. 어릴 적 그의 집 벽과 문, 창틀 여기저기에는 사냥 장면이나 꽃, 마을 주변 풍경 등 일상 곳곳의 장면을 담은 사랑스러운 낙서들이 가득했다. 어린 시절부터 그림에 대한 비뱅의 재능은 시골 마을 아이들 사이에서 제법 특출났다. 그가 살던 지역의 신부는 그런 재능을 칭찬하며 비뱅에게 수채화 화구를 선물하기도 했다. 이 같은 분위기에 힘입어 비뱅은 화가를 꿈꾸게 되었고 그 소망은 마음속에 더욱 견고히 자리 잡아갔다.

이후 비뱅은 에피날 중등학교에 진학해 잠시 그림을 배우기도 했으나 안타깝게도 재정적인 이유로 그림 공부를 포기해야 했다.

학교 교사였던 비뱅의 아버지가 그의 앞날을 걱정하며 반대했기 때문이다. 아마도 그림을 그리는 일을 직업으로 삼아서는 밥벌이를 할 수 없다는 식의 이야기였을 것이다. 시대를 불문하고 부모의 걱정은 자식이 스스로 생계를 책임지는 것 아니었을까. 작은 시골 마을에 사는 아이에게 현실의 벽은 너무 높았고 아버지의 말은 거역하기 힘든 것이었다. 결국 비뱅은 아버지의 뜻에 따라 안정적인 직업을 선택하고 화가의 길을 포기했지만 마음 한구석에는 늘 화가의 빈자리가 있었다.

그렇게 고향을 떠나온 비뱅은 파리의 우체부가 되어 세상에서 가장 낭만적인 도시를 누비며 보람된 나날을 보냈다. 파리에 도착한 이듬해에는 첫아들이자 하나뿐인 아이가 태어났고 차분하고 평범한 삶은 수레바퀴처럼 굴러갔다.

비뱅 가족은 파리에 정착한 지 몇 년 후 예술가의 성지 몽마르트르 뒤편에 있는 공무원 아파트에 살게 되었다. 우체부로 일하면서도 여유가 있을 때는 틈틈이 스케치북을 펼쳐 들었던 비뱅이었기에 몽마르트르는 비뱅이 화가의 꿈을 펼치기에 더없이 좋은 환경이었다. 주로 타지에서 온 화가들이 첫 거주지로 삼는 곳인 몽마르트르에는 빈센트 반 고흐, 아메데오 모딜리아니(Amedeo Modigliani, 1884~1920), 앙리 마티스(Henri Matisse, 1869~1954), 파블로 피카소, 마르셀 뒤샹

(Marcel Duchamp, 1887~1968) 등 수많은 예술가가 살기도 했으니 자극을 받기에 그만한 곳도 없었으리라.

에펠탑이 세워진 1889년, 28세의 비뱅은 우체국 아트 클럽에서 〈핑크 플라밍고〉 그림으로 첫 전시를 했다. 이 작품은 현재 행방을 알 수 없지만 비뱅을 발굴한 우데가 구입해 35년간 소장하며 곁에 둔 작품이기도 하다. 우체국 아트 클럽에서의 전시는 비뱅이 파리에 온 지 8년 만에 참여한 전시였으니 그가 얼마나 설렜을지 가히 짐작할 만하다.

헤밍웨이가 파리에 머무르던 시절, 파리의 우체부 비뱅은 40여 년을 근무한 우체국에서 정년 퇴임하고 화가로서 막 첫발을 내딛고 있었다. 젊은 시절에는 생업에 종사하느라 꿈과 멀어졌던 그였지만 늦게나마 캔버스를 펼치며 가슴이 뛰는 것을 느꼈다. 비록 늦은 출발이었어도 가슴의 열정은 젊은 헤밍웨이만큼이나 뜨거웠다. 새롭고 낯선 길은 누구에게나 두려움과 떨림을 주지만 비뱅은 희망과 설렘을 가득 안고 화가로의 첫걸음을 뗐다.

그 시절의 파리가 비뱅에게 "봉주르, 너의 꿈은 뭐니?"라고 묻는다면 비뱅은 주저 없이 "봉주르, 파리! 나의 꿈은 화가"라고 말할 것이다. 그럼 지금부터 비뱅의 꿈을 찾아 파리로 함께 떠나보자.

루이 비뱅 초상

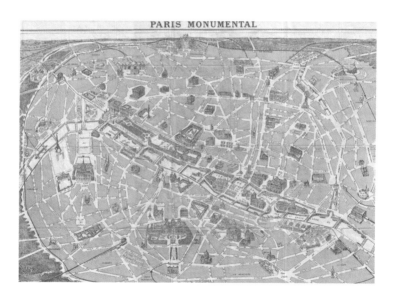

1926년경 파리 지도
Paris Monumental

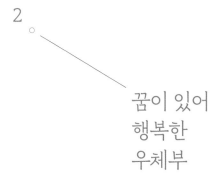

2

꿈이 있어
행복한
우체부

생업에 종사하면서 독학으로 그림을 그려 소박파(Naive Art)의 대표 화가가 된 앙리 루소(Henri Rousseau, 1844~1910)는 49세까지 말단 세관원으로 일하다가 퇴직 후 화가의 길을 갔다. 파리 근교 상리스(Senlis)의 가정부 세라핀 루이(Séraphine Louis, 1864~1942)는 남의 집 일을 하면서도 다른 사람의 시선은 아랑곳하지 않고 캔버스 앞에서 그림을 그렸다. 그리고 파리의 우체부 비뱅은 집에 버릴 쓰레기조차 없을 정도로 궁핍했지만 퇴직 후 새벽부터 저녁까지 그림을 그리며 화가의 꿈을 키워나갔다. 독학을

앙리 루소
노트르담
Notre-Dame
1909
필립스컬렉션, 워싱턴

해야 했던 예술가들은 사회적으로 고립되고 생활은 가난했어도 영혼은 자유롭고 독립적이었으며 행복했다.

　비뱅이 47년간 살았던 몽마르트르의 5층짜리 아파트는 지은 지 오래되어 벽과 천장이 변색되고 허름했다. 좁은 복도 사이로 똑같은 집이 늘어서 있었는데 주로 하급 공무원이나 연금 생활자들이 살았다. 아파트는 모두 방 두 개와 부엌이 있는 같은 구조였고 비뱅의 집은 꼭대기 층인 5층에 있었다. 생동적인 길거리와 달리 아파트 안은 아이들이 뛰노는 소리가 들리지 않는 적막한 곳이었다. 이

루이 비뱅
몽마르트르 화가
Le Peintre à Montmartre

는 비뱅의 일상과 좀 닮아 보인다.

　우체부로서 비뱅의 삶은 늘 똑같고 제한적이었다. 사실 그 시기 우체부는 언제 바뀔지 모를 스케줄에 따라 근무하며 창문 하나 없는 기차의 우편 칸에 실려 짐짝처럼 이동해야 했다. 하지만 이 유동적인 일정 덕분에 비뱅은 프랑스를 전역을 누구보다 많이 누볐다. 그 결과 비뱅은 전국에 있는 우체국의 위치를 정확히 파악했고 프랑스 모든 우체국을 표시한 우편 지도를 그릴 수 있었다. 그가 그린 지도 시리즈는 정부가 수여하는 교육공로훈장(Palmes Académiques)을 받았고 비뱅은 감독관으로 승진도 했다. 당시 우체국 고위직은 인쇄비가 부담된다는 이유로 지도를 인쇄하지 않았지만 이 일은 잔잔하고 평범한 비뱅의 일생에서 몇 안 되는 업적이자 우체부의 일상에서 잠시 벗어난 일탈이었다. 비뱅은 자신의 지도가 그림인지 아닌지 자문하거나 판단하지 않았다. 한때 화가를 지망하던 우체부로서 자신이 잘할 수 있는 일을 했고 그 일로 상까지 받았으니 마냥 즐겁기만 했다.

　비뱅은 우체부 일을 그만둘 때까지 정기적으로 그림을 그리거나 발표할 기회가 거의 없었다. 하지만 미술관, 재래시장, 파리 시내 등 어느 곳을 가든 화가의 시선으로 그 장소들을 바라보며 기억 저장고를 풍성하게 만들었다. 그 기억들은 머릿속에 잠들어 있다가 어

루이 비뱅
교회의 재래시장
Ancien Marché du Temple

느 순간 현실로 불쑥 튀어나와 좋은 창작 재료가 되어주었다. 비뱅의 그림이 누군가에게는 아마추어가 그린 것처럼 보일 수도 있지만 그림에 담긴 그 아이 같은 순수함에는 사람들의 마음을 포근하게 감싸는 힘이 있었다.

2001년 영국의 권위 있는 미술상인 터너상(Turner Prize)을 수상한 현대미술 작가 마틴 크리드(Martin Creed, 1968~)는 "예술이란 그냥 뭔가를 만드는 것"이라면서 "나는 이것이 예술인지 아닌지 묻거나 결정하지 않아요. 내가 뭔가를 만드는 이유는 사람들과 소통하고 사랑받고 싶고 나를 표현하고 싶어서니까요"라고 말했다. 아울러 크리드는 "대단한 것, 반드시 예술적인 것을 만들겠다는 의지가 아닌 자신이 정말 원하는 일을 실천에 옮기는 것"이 예술이라고도 했다. 이는 비뱅이 걸었던 화가의 길과도 같았다.

비뱅은 자신이 진정으로 원했던 그림을 그릴 수 있어서 행복했다. 비뱅과 처지가 비슷했던 세관원 루소, 가정부 세라핀 등이 행복했던 이유도 바로 꿈을 실현했기 때문이었다. 이들의 공통점은 자신이 하는 일의 과정과 결과를 저울질하지 않고 용감하게 행동한 것이었다. 이런 비뱅과 소박파 화가들의 삶은 꿈을 이루는 것은 학벌이나 조건이 아니라 열정과 용기라고 말해주는 듯하다.

앙리 루소
이국적인 숲을 걷는 여인
Femme se Promenant dans une Forêt Exotique
1905
반스파운데이션, 필라델피아

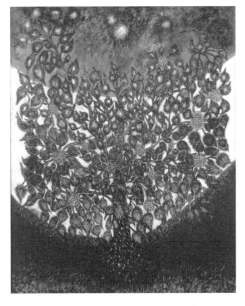

세라핀
생명의 나무
L'Arbre de Vie
1928

3

꿈이
피어나는
몽마르트르

몽마르트르의 테르트르 광장(Place du Tertre)
은 길거리 화가들이 관광객들의 초상화를 그려주는 풍경으로 유명
하다. 짧은 시간에 주문자의 특징을 찾아 인물화를 그리는 일은 고
도의 기술이 필요한 작업이다. 혹시라도 너무 큰 기대를 하고 주문
하면 실망할 수도 있다. 잘 그려진 초상화에는 무릇 외적인 특징은
물론 내면의 성격까지 반영되는데, 초면에 그것을 파악해 그림으로
그리기란 쉽지 않기 때문이다. 만약 파리의 몽마르트르에서 초상화
를 주문한다면 예술가의 성지에서 추억 하나 만든 것으로 만족해야

루이 비뱅,
화가가 된
파리의 우체부

루이 비뱅
파리, 몽마르트르
Paris, Montmartre

빈센트 반 고흐
몽마르트르: 풍차와 농장
Montmartre: Windmills and Allotments
1887
반 고흐 미술관, 암스테르담

할지도 모른다.

이런 몽마르트르의 풍경은 하루 이틀 된 것이 아니다. 비뱅이 살던 시절에도 화가들은 이 언덕에 노점을 세우고 자신의 그림을 팔기도 하고 고객의 주문을 받기도 했다. 몽마르트르의 몽(Mont)은 산, 마르트르(Martre)는 순교자라는 뜻으로, 즉 몽마르트르는 순교자의 산이라는 의미다. A.D. 250년 프랑스 파리 초대 주교 생 드니 신부(Saint Denis, A.D. 250년경 사망)가 두 명의 부주교와 함께 순교한 데서 유래한 이름이다. 지금은 산이었던 흔적조차 없지만 몽마르트르의 입구에 도착하면 이곳의 지대가 상당히 높다는 사실에 깜짝 놀랄지도 모른다. 몽마르트르의 별명인 '파리의 지붕'도 지대가 높아서 생긴 이름이다.

가난한 사람들은 저렴한 집값과 낮은 물가를 찾아 자꾸만 변두리 지역으로 이동한다. 우리나라 달동네가 그렇듯 몽마르트르도 처음에는 서민들이 찾은 삶의 터전이었다. 특히 1800년대 후반 몽마르트르 풍경은 밭과 과수원, 풍차가 도는 한적한 교외의 모습이었다. 석탄이 개발되고 풍력을 이용하는 풍차

방앗간들이 하나둘 문을 닫으면서 가난한 예술가들이 이곳으로 모여들기 시작했다. 당시 몽마르트르는 파리 중심에서 떨어진 낙후된 지역이라 월세가 저렴했고 전원적인 분위기도 예술가들의 취향과 맞았던 것이다.

몽마르트르에 살았던 가장 대표적인 화가는 반 고흐, 피카소, 뒤샹이다. 네덜란드 출신 반 고흐는 1886년부터 1888년까지 2년간 몽마르트르에 있는 동생 테오의 아파트에 얹혀살며 몽마르트르 언덕과 풍차 등의 주변 풍경을 그림으로 남겼다. 이곳에서 그는 인상주의 화가들과 교류하며 그전에 사용하던 어두운색에서 탈피해 인상주의의 밝은 색채를 익히게 된다. 반 고흐는 몽마르트르에서 풍경화, 정물화, 자화상 등 200여 점의 그림을 그렸는데 그가 약 10년간 화가로 활동하며 총 900여 점의 작품을 남긴 것을 생각하면 그의 그림 인생에서 몽마르트르가 적지 않은 지분을 차지하고 있는 셈이다.

스페인에서 온 청년 피카소는 20대 초반 몽마르트르 세탁선(Le Bateau Lavoir, 원래 건물은 화재로 소실되었고 현재는 갤러리가 들어서 있다)에 살며 청색 시대(피카소 생애 중 가장 암울했던 1901~1904년, 청색톤의 그림을 그린 시기)의 그림과 입체주의의 시작을 알리는 〈아비뇽의 처녀들〉(1907)을 그렸다. 피카소는 화가로 이름을 날리기 전 유일하게 몽마르트르에서 힘든 시절을 보냈는데 이후 몽파르나스(Montparnasse)로 이사하며 새로운 삶을 살게 된다.

남자 소변기를 작품이라고 한 현대미술의 혁명가 뒤샹도 고향 노르망디를 떠나 두 형과 몽마르트르에서 파리 생활을 시작했다. 유복한 집안의 아들이었던 뒤샹은 가난했던 피카소와 몽마르트르에서 몇 번 마주친 적이 있는데 흥미롭게도 두 사람은 평생 서로를 의식하며 경쟁했다.

피카소와 뒤샹은 동시대를 살면서 피카소는 입체주의를, 뒤샹은 레디메이드(ready-made, 기성품, 이미 만들어진 제품을 예술 작품으로 부르는 미술 용어) 개념을 창시한 위대한 화가들이었는데, 서로가 추구하는 방향이 극명하게 달랐기 때문에 강하게 대립할 수밖에 없었다. 피카소는 캔버스 회화, 입체 작품 등에서 새로운 시도를 했고 뒤샹은 기존의 회화 양식 자체를 거부하고 새로운 개념의 미술을 추구했다. 또 피카소는 다작을 하며 작품 판매를 활발히 한 화가인 데 반해 뒤샹은 작품 수가 매우 적고 작품 판매를 부정적으로 생각했다. 피카소는 자타가 인정하는 최고의 화가였는데도 젊은 작가들이 뒤샹의 개념 미술을 더 추종한다는 이야기를 듣고는 자존심이 상하고 화가 났다고 말하기도 했다. 그러나 뒤샹 사후에는 피카소도 그의 작품 세계에 존경심을 표했다.

반 고흐, 피카소, 뒤샹 외에도 마티스, 모딜리아니, 클로드 모네(Claude Monet, 1840~1926), 오귀스트 르누아르(Auguste Renoir, 1841~1919), 카미유 피사로(Camille Pissarro, 1830~1903), 툴루즈 로트레크(Toulouse-Lautrec, 1864~1901), 수잔 발라동(Suzanne Valadon, 1865~1938), 모리스 위트릴로(Maurice Utrillo, 1883~1955), 피에트 몬드리안(Piet Mondrian, 1872~1944) 등 이름만 들어도 알 수 있는 유명한 예술가들이 모두 몽마르트르에 모여 터전을 잡고 그림을 그렸다. 제1차세계대전이 발발하자 많은 화가가 몽파르나스와 같은 새로운 터전을 찾아 몽마르트르를 떠났다. 남아 있던 화가들도 형편이 좋아지면 몽마르트르를 떠나기도 했지만 여전히 몽마르트르는 수많은 화가와 예술을 사랑하는 사람들이 모여 사는 예술의 성지다. 현재는 파리시에서 지원하는 예술가 기숙사도 있고 일부 지역은 부촌으로 변모해 몽마르트르에 사는 사람들에게는 몽마르트르 자부심이 있다고 한다.

비뱅은 1889년부터 1936년까지 47년간 몽마르트르에서 살았다. 비뱅이 예술의 향기를 찾아 몽마르트르로 간 것인지, 공무원 아파트가 그곳에 있어 이사한 것인지는 알 수 없지만 몽마르트르에서 반평생 이상을 산 몽마르트르의 터줏대감인 것은 확실하다. 반 고흐, 피카소, 뒤샹 등 내로라하는 화가들이 몽마르트르에서 뜨겁게 그림에 몰두하고 있을 때 비뱅은 한 집안의 가장으로서, 직업인인 우체부로서 몽마르트르의 길을 오갔을 것이다.

비뱅은 퇴직 후 사크레쾨르 대성당, 테르트르 광장, 선술집 라팽아질(Lapin Agile) 등을 그렸는데 모두 평소 몽마르트르 산책길에서 종종 만나던 동네 풍경이었다. 그의 일상과 성실성이 이 작품들에서 엿보인다. 비뱅은 길과 건물, 성당 외벽이나 내부 인테리어를 그릴 때 벽돌 하나하나를 순서대로 그렸다. 지나치게 규칙에 연연하며 정확성과 사실주의에 몰두한 나머지 단조로운 그림이 되기도 했는데, 이는 비뱅의 성격이기도 하다. 또 비뱅의 풍경화에는 따뜻해 보이는 겉모습과 달리 속내에 비극의 정서가 깔려 있다. 비뱅은 우리에게 자신의 작품을 설명하면서 인생의 기쁨은 잠시이고 근심과 걱정이 더 많으며 그래서 자신의 작품에는 슬픈 정서가 담겨 있다고 말하기도 했다.

비뱅이 생을 마감할 때까지 가장 많이 그린 소재도 사크레쾨르 대성당이었다. 파리 유일의 바로크와 로마네스크 양식이 혼합된 순백의 성당 앞에서 은발의 비뱅은 스케치북을 펼쳤다. 몽마르트르의 화가로 산다는 것은 낭만적이고 설레는 일이다. 지금 몽마르트르에는 예술가들의 보헤미안적 삶은 사라지고 없지만 예술가들의 꿈은 여전히 이곳에서 피어나고 있다.

루이 비뱅

사크레쾨르 대성당

Le Sacré-Coeur

4

시청 앞
꽃 시장과
여왕의 추억

_____ 마음을 활짝 열고 도시를 한가롭게 거니는 사람을 프랑스어로 플라뇌르(flâneur)라고 한다. 말 그대로 아무런 목적 없이 세상 구경을 나온 아이처럼 한가롭게 즐기며 걷는 산책자다. 천천히 걷는 플라뇌르의 시선에는 바쁘게 지나쳐 갈 때는 미처 보지 못했던 것들이 새롭게 눈에 들어온다. 골목길 풍경, 분주히 움직이는 사람들, 마을 성당, 오래된 가게, 하늘의 뭉게구름까지 모두가 새삼 아름답게 보인다면 당신은 진정한 플라뇌르가 된 것이다.

플라뇌르는 도시를 경험하기 위해 도시를 걸어 다니는 자다.
- 샤를 보들레르(Charles Baudelaire, 1821~1867)

루이 비뱅
아셸스 에비뉴 : 빅토르 위고
Acheles Avenue : Victor Hugo
1920

어른이 된 후 플라뇌르의 시선을 되찾기까지 우리가 매일 얼마나 빠른 속도로 휩쓸려가고 있는지를 생각하면 머리가 핑 돈다. 목표를 향해 정신없이 달려가던 시간에서 살짝 비켜난 여유로운 산책은 기대 이상의 즐거움을 준다. 비뱅의 우체부 일과도 마찬가지였을 것이다. 아침 일찍부터 시작된 우체국 업무는 분주하다. 접수된 우편물을 분류하고 나서는 할당된 배달을 제때 마무리하기 위해 온종일 쉴 틈 없이 몸을 움직였을 테다. 하지만 비뱅은 바깥 풍경을 볼 수조차 없는 짐칸에 몸을 맡긴 채 정신없이 하루를 보내면서도 플라뇌르로의 여유를 잃지 않았다. 호기심을 내려놓지 않고 차분히 일상을 관찰했다. 퇴직 후 그가 그린 작품들은 바로 그런 플라뇌르의 시선이 담긴 파리 풍경이었다.

비뱅의 〈꽃이 있는 강변〉이라는 그림을 보면 여유로운 시간을 보내는 사람들이 눈에 들어온다. 센강을 산책하는 사람들, 유람선을 타고 도시 풍경을 감상하는 사람들, 꽃 시장에서 꽃을 고르는 사람들까지 누구도 바쁘게 종종거리지 않는다. 웅장하면서도 아름다운 시청사가 보이고 철골로 만들어진 아르콜 다리(Pont d'Arcole)도 멋스럽다. 여름이 오면 아르콜 다리와 노트르담 다리 사이에 인공 해변이 만들어져 도심에서 일광욕을 즐길 수 있는데 이는 파리의 대표적인 여유로운 모습 중 하나다.

루이 비뱅
꽃이 있는 강변
Quai aux Fleurs

비뱅의 그림 아래쪽에 있는 꽃 시장처럼 지금도 아르콜 다리 옆 시테(Cité)섬에는 꽃 시장이 열린다. 우리나라 꽃 도매시장처럼 전문적이고 큰 규모는 아니지만 파리 시민들의 행복과 사랑 그리고 추억이 머무는 곳이다. 2014년 영국 엘리자베스 2세 여왕이 노르망디 상륙작전 70주년을 맞아 프랑스를 방문했을 때 이 꽃 시장을 다녀갔다. 이를 계기로 꽃 시장은 '퀸 엘리자베스 2세 꽃 시장'이라는 새 이름을 얻었다. 여왕이 2박 3일 파리 일정에서 꽃 시장에 들른 이유는 1948년 당시 공주였던 자신이 찰스 황태자를 임신하고 남편 필립공과 이곳에 왔던 때를 회상하며 잠깐이나마 행복했던 추억을 떠올리기 위해서였다고 한다. 여왕에게도 첫아이 임신과 꽃향기의 기억은 소중한 추억이었나 보다.

꽃을 좋아하고 정원 가꾸는 것이 취미인 프랑스인 특유의 감성은 비뱅이 살았던 때나 지금이나 크게 변하지 않았다. 파리 거리를 걷다 보면 테라스에 놓여 있는 꽃이 흐드러진 화분들이 발걸음을 멈추게 하고 파리지앵의 감성이 담뿍 담긴 꽃다발을 선물하며 사랑을 표현하는 연인들의 모습은 보는 이의 마음까지 로맨틱하게 만들어준다.

비뱅의 꽃 시장 그림은 노점에서 꽃을 파는 모습을 담고 있다. 흰색 앞치마를 한 주인과 꽃다발을 사는 손님들의 모습이 무척 정겹다. 사실 비뱅의 그림에는 전문가가 그렸다기보다는 어린아이가 그린 듯한, 약간 서툴고 어색한 느낌도 있다. 〈꽃이 있는 강변〉도 자세히 보면 사람이 정지된 것처럼 부자연스럽지만 비뱅은 전체적인 구성을 중요하게 생각했기 때문에 개의치 않았다고 한다. 그림을 그릴 때 언제나 안정적인 구도와 균형미를 추구한 점은 비뱅 그림의 특징이다.

그런데 참 재미있게도 프랑스어 플라뇌르의 뜻이 영어 사전에는 '게으름뱅이, 놈팡이, 한량이'라고 적혀 있다. 미국과 프랑스의 문화 차이라고 해야 할까, 해석 차이라고 해야 할까? 산책하며 영감을 얻는다는 프랑스 낭만주의 소설가이자 사상가 장자크 루소(Jean-Jacques Rousseau, 1712~1778)나 시인 보들레르의 이야기를 떠올리면 플라뇌르는 여유로운 산책자가 맞는 것 같은데 말이다.

문득 눈앞에 펼쳐진 비뱅의 그림을 보니 엘리자베스 2세 여왕처럼 꽃에 얽힌 추억들이 하나둘 떠오른다. 파리 시민들이 비뱅의 그림에 크게 호응했던 것은 자신들의 일상을 담은 그림을 보며 저마다의 행복한 기억을 떠올릴 수 있어서가 아니었을까?

〈꽃이 있는 강변〉은 속도에 치인 현대인이 꿈꾸는 유유자적한 풍경이다. 우리는 '걸음의 속도를 늦추고 영혼이 따라올 시간을 준다'는 아프리카 원주민 속담처럼 게으르게 도시를 산책하고 목적도 없이 담소를 나누며 휴식을 취할 필요가 있다.

화려하고 장엄한 외관을 자랑하는 파리 시청사의 명칭은 '오텔 드 빌 파리(Hôtel de Ville Paris)'로 이름만 보면 자칫 호텔로 착각하기 쉽다. 지하철역 이름 역시 '오텔 드 빌(L'Hôtel de Ville)'이다. 파리에서는 주요 건물이나 규모가 큰 저택을 '호텔'이라고 부르기 때문이다.

시청사는 1260년 루이 9세가 시민에게 시장 선출권을 부여한 것을 계기로 지어졌다. 1357년 현재 위치로 이전했으며 1789년 프랑스대혁명 당시에는 혁명의 본거지로 사용되기도 했다. 1871년 파

파리 시청사와 아르콜 다리 ⓒ LPLT/Wikimedia Commons

리코뮌(파리에서 일어난 민중 봉기로 혁명 정부를 세우고 민주적 개혁을 시도했으나 정부군에게 패배하며 붕괴했다) 때 화재로 소실되었다가 1874~1882년 복원하면서 지금의 모습을 갖췄다. 건물 전면에는 '자유, 평등, 박애' 문구가 적혀 있고 외벽에는 136개의 조각상이 있는데 마치 미술관처럼 보인다. 내부에는 르네상스 양식과 벨 에포크(belle époque) 양식이 혼재되어 있으며 예술 작품들도 많다. 그중 오귀스트 로댕(Auguste Rodin, 1840~1917)의 〈공화국 여신상〉, 퓌비 드 샤반(Puvis de Chavannes, 1824~1898)의 프레스코화가 유명하다. 정기적으로 전시가 열리고 입장은 무료지만 예약이 필수다.

시청 앞 광장은 각종 행사장으로 사용된다. 여름에는 축구장이나 배구장, 겨울에는 스케이트장으로 변신하기도 한다. 주요 관광지마다 한 자리를 차지하는 회전목마는 파리 시청사 앞에서도 볼 수 있다. 시테섬과 파리를 연결하는 아르콜 다리도 시청사 앞에 있다.

시청사 근처에는 노트르담대성당, 콩시에르주리(La Conciergerie, 파리 최초의 형무소), 생트샤펠 성당(L'Église Sainte-Chapelle) 등 관광 명소가 모여 있는데 시간 여유가 있다면 시청사에서 출발해 에펠탑까지 걷는 센강 산책길을 추천한다. 이 코스는 당신을 영화 〈비포 선셋(Before Sunset)〉(2004)의 주인공으로 만들어주고 플라뇌르의 시선을 갖게해줄 것이다.

5

비뱅이
존경한 화가,
코로와 쿠르베

———————————— 비뱅이 살았던 시기 파리는 전성기라 불릴 만큼 화려하고 역동적이었다. 특히 1900년 초·중반은 미술사의 혁명기로 야수주의, 입체주의, 다다이즘, 초현실주의까지 큰 변화의 바람이 정신없이 불어왔다. 하지만 비뱅은 이런 분위기에 휩쓸리지 않고 전통적인 풍경화와 사실주의 그림에 더 매료되었다.

비뱅의 즐거움 중 하나는 뤽상부르미술관과 루브르박물관에 가는 것이었다. 특히 그의 발걸음을 붙잡은 화가는 코로와 쿠르베 그리고 다방면의 예술가였던 쥐스트오렐 메소니에(Juste-Auréle

Meissonier, 1695~1750)였다.

　코로는 프랑스 화가로 바르비종(Barbizon)파(파리 교외의 바르비종이
라는 경치 좋은 마을을 중심으로 농촌 풍경과 농민 생활 등을 낭만적이고 서정적으로
그렸던 유파)를 이끌었으며 신고전주의에서 근대적인 풍경화를 완성
했다. 코로는 인상주의, 사실주의, 아카데미즘이 격동하던 시절 고
고히 자연주의를 추구하며 19세기 회화에 큰 영향을 끼쳤다.

　코로의 아버지는 포목상이었는데 코로는 아버지의 뜻에 따라 파
리의 한 직물가게 사원으로 7년 동안 일한 후 26세에 미술계에 발
을 들였다. 이후 3년간 이탈리아에 체류하며 예술적 성장을 하고
퐁텐블로 숲(Forét de Fontainebleau)에서 영감을 받아 그 바로 옆 바
르비종에 살며 바르비종 화풍을 이뤘다. 1855년 파리 만국박람회
에서 1등 상을 수상하고 나폴레옹 3세가 작품을 사들이는 등 최고
의 명성과 인기를 한 몸에 얻었다. 말년에는 부드러운 잿빛이 감도
는 서정적이고 몽상적인 새로운 풍의 풍경화를 그렸다.

　평생 독신이었던 코로는 부모님이 물려준 재산이 있었고 화가로
서도 성공한 덕에 재력가에 속했다. 하지만 본인의 생활은 소탈하
고 검소했으며 별명이 '아버지 코로'였는데, 친구였던 사실주의 화
가이자 판화가 오노레 도미에(Honoré Daumier, 1808~1879)와 밀레의
미망인에게 경제적 도움을 주기도 한 포용력 있는 사람이었다. 작

카미유 코로
건초 마차
Charette à Foin
1860~1870
푸시킨 미술관, 모스크바

카미유 코로
저승에서 에우리디케를 이끄는 오르페우스
Orphée Ramenant Eurydice des Enfers
1861
휴스턴 미술관, 텍사스

루이 비뱅
뤽상부르공원
The Luxembourg

품과 인간적인 면 모두 훌륭했기에 비뱅은 코로를 깊이 존경했다. 코로가 아버지의 권유로 직물가게에서 일한 점에서 동병상련을 느끼기도 했을 것이다. 하지만 코로는 부모의 경제력 덕분에 과감하게 일을 그만두고 26세에 미술계로 뛰어들었고 이탈리아로 유학도 다녀온 반면, 비뱅은 현실에 순응하며 61세까지 우체국에서 일한 점에서 극명한 차이가 난다. 파리의 우체부였던 비뱅의 입장에서 코로는 근접할 수 없는 예술의 경지였을 것이다. 하지만 비뱅은 미술관에서 본 코로의 서정적인 풍경화와 빛의 유희를 스승 삼아 조금씩 자신만의 화풍을 만들어나갔다.

비뱅이 존경한 또 다른 화가는 쿠르베였다. 쿠르베는 신고전주의나 낭만주의의 이상적이거나 공상적인 화풍을 거부하고 현실적인 그림을 그린 사실주의 화가다. 프랑스 부농의 가정에서 태어난 쿠르베는 사회에서 소외된 계층에 관심이 많았고 자신을 타고난 공화주의자로 자처하며 전통적인 그림에서는 볼 수 없었던 가난한 농부나 노동자를 그렸다. 1855년 파리 만국박람회에 출품한 〈화가의 아틀리에〉와 〈오르낭의 매장〉(1849~1850)이 악평을 받으며 거부당하자 이에 분개해 박람회장 바로 앞에서 자비로 개인전을 열기도 했다. 쿠르베는 1871년 사회주의 자치 정부인 파리코뮌에 가입해 예술 분과 위원장을 맡는다. 이때 방돔 광장(Place Vendôme)의 나폴레옹 1세

귀스타브 쿠르베
화가의 아틀리에
L'Atelier du Peintre
1855
오르세 미술관, 파리

동상 파괴를 주도하는데 이후 파리코뮌이 해체되고 문화재 파괴 혐의로 실형과 벌금을 선고받자 결국 스위스로 망명했다.

　쿠르베가 남긴 가장 유명한 말은 "나에게 천사를 보여달라, 그러면 천사를 그리겠다"이다. 사실주의의 특징을 극명하게 드러내는 말이라고 할 수 있다. 쿠르베는 교훈적인 내용이나 아름답고 이상적인 모습보다는 평범한 사람들의 일상적인 모습을 그려야 한다고

쥐스트오렐 메소니에
내각 테이블
Table de Cabinet
1748

생각했다. 비뱅이 쿠르베의 작품에 주목한 것은 바로 이 점 때문이다. 비뱅은 쿠르베의 사실주의 정신을 이어받아 현실을 미화하거나 과장하지 않고 평범한 사람들의 모습을 있는 그대로 화폭에 담으려고 노력했다.

　세 번째로 비뱅이 존경한 예술가는 왕실 수석 세공사이자 화가, 건축가, 조각가, 디자이너였던 메소니에다. 이탈리아 출신으로 어려서 파리로 이주했고 로코코 특유의 돌이나 조개껍데기를 건축에 사용해 시대를 풍미했다. 프랑스 왕실에서 일하다가 1724년에는 수석 세공사로 임명되었다. 루이 15세의 침실과 캐비닛 디자이너였을 뿐 아니라 루이 15세의 장녀 결혼식 프로젝트도 설계했다. 건축과 실내장식, 가구, 촛대, 은 제품 등 다양한 분야와 재료를 가지고 창작 활동을 펼쳤고 프랑스 교회, 영국, 폴란드, 포르투갈 귀족 등 폭넓은 고객에게 파리 패션과 취향의 디자인을 제공했다. 비뱅은 메소니에의 우아하면서도 때로는 대담하고 독창적인 스타일을 좋아했으며 그의 세밀하고 규칙적인 장식을 본받고 싶어 했다.

그렇게 비뱅은 코로에게는 자연주의 화풍을, 쿠르베에게는 사실주의 화풍을, 메소니에에게는 세밀함을 배우며 화가의 길로 조금씩 나아갔다.

루이 비뱅

뤽상부르공원

Le Jardin du Luxembourg

뤽상부르미술관(Musée du Luxembourg, l'Orangerie du Sénat)은 레오
나르도 다 빈치(Leonardo da Vinci, 1452~1519), 렘브란트 반 레인
(Rembrandt van Rijn, 1606~1669), 라파엘로 산치오(Raffaello Sanzio,
1483~1520) 등 유럽 최고 화가들의 작품을 소장하고 있다. 루브르박
물관과 오르세 미술관(Musée d'Orsay)의 명성에 가려 그냥 지나치기
쉽지만 놓치기엔 아까운 미술관이다. 19세기 이후 근현대 작품을
주로 전시하며 대형 테마 전시와 프랑스 현대 예술가들의 기획 전
시도 끊임없이 열린다.

　미술관 운영은 뤽상부르궁전(Palais du Luxembourg)을 사용하는 상
원 의사당에서 하고 있다. 참고로 현재 상원 건물로 쓰이는 뤽상부
르궁전은 앙리 4세의 왕비 마리 드 메디치(Marie de Medici, 1573~1642)
가 개축한 것이다. 메디치가에서 프랑스로 시집을 온 왕비는 앙리 4
세가 서거하자 1612년 뤽상부르 공작의 성과 그 주변을 사들여 어
린 시절 살았던 피렌체의 피티 궁전을 본따 궁전과 정원을 개축했
다. 왕비는 궁의 완성을 보지 못하고 사망했고 18세기에 이르러 시

뤽상부르미술관 ⓒPatrick Nouhailler/Wikimedia Commons

민들에게 개방했다.

뤽상부르미술관이 위치한 뤽상부르공원(Jardin du Luxembourg)에
는 뤽상부르궁전을 비롯해 정원의 조각상들도 함께 있어 자연과 예
술을 동시에 즐길 수 있다.

6

무채색을 닮은
화가

_____ 예술과 낭만의 도시 파리의 거리를 둘러보면 무채색 옷을 입은 파리지앵이 무척 많다. 젊은이들은 물론 중년 남녀에 이르기까지 파리지앵의 집에 찾아가 옷장을 열어보면 어김없이 무채색 옷이 많다는 사실을 쉽게 발견할 수 있다. 프랑스 국기가 하양, 파랑, 빨강으로 이뤄진 화려한 삼색기인 점을 떠올려보면 형형색색이 파리와 어울릴 것 같은데 말이다.

그런데 비뱅도 파리의 풍경을 그릴 때 무채색인 회색을 즐겨 사용했다. 청명한 시골에서 자랐고 자연을 사랑한 비뱅이 무채색을 자주 썼다는 것이 뜻밖이기도 한데 파리의 우체부로 살면서 그 또한 파리지앵의 무채색에 점점 동화된 듯하다. 사실 비뱅이 살던 때 파리 거리에 나가면 회색 건물을 쉽게 발견할 수 있었다. 건물 본연의 색이 그렇다기보다 세월의 때가 묻어 자연스럽게 먼지가 쌓이고 빛이 바랜 것이다. 지금은 파리시에서 건물 청소 정책을 실행해 본연의 색을 찾았지만 비뱅의 시대에는 회색 톤의 건물이 사실에 가까웠던 셈이다.

이런 도시의 모습은 자신을 드러내기보다 다른 것을 흡수하는 비뱅의 모습과 닮았다. 조용하고 차분하면서도 묵묵히 자신의 가치를 추구하는 비뱅의 성격은 색으로 표현한다면 회색일 것이기에 그가 회색을 즐겨 사용한 것은 어쩌면 당연한 일로 보인다.

비뱅이 존경한 화가 코로의 은은한 잿빛 풍경화도 비뱅에게는 좋은 교과서가 되었을 것이다. 황회색, 청회색, 적회색, 밝은 회색, 어두운 회색 등 비뱅의 그림에서 다양한 회색 톤을 찾는 것은 어렵지 않다.

특히 비뱅이 사용한 회색은 사실에 가까운 색이면서 동시에 반고흐처럼 자신의 감정이 반영된 것이었다. 비뱅은 삶이 비극에 가깝다고 생각했기에 원색보다는 회색으로 그림을 그렸다. 그렇다고 비뱅이 스스로나 다른 사람들을 비관적으로 생각한 것은 아니다.

루이 비뱅
축제
La Foire

야생의 약육강식, 사냥꾼에게 쫓기는 동물, 도시의 어두운 일상 등을 보며 연민의 감정을 느꼈을 따름이다.

그의 작품 〈축제〉를 보면 회전목마의 불빛이 어두운 밤을 밝히고 작은 가게들은 손님을 맞이하고 있다. 그런데 길거리를 오가는 사람들은 즐겁다기보다는 질서 정연하고 차분해 보인다. 얼핏 보면 도시의 화려한 축제인데 다시 들여다보면 어두운 회색 도로와 공장 같은 다세대 주택, 불 꺼진 창이 축제 분위기와 대비되어 쓸쓸한 분위기를 자아낸다. 이 그림은 도시의 빛과 어둠을 잘 표현한 작품으로 비뱅의 슬픈 정서를 엿볼 수 있다.

천진난만한 아이가 그린 것 같은 〈정글〉에서도 그의 감정을 읽을 수 있다. 덩치 큰 코끼리는 어린 표범을 무섭게 노려보고 나무의 뱀도 혀를 날름거리며 먹잇감을 노린다. 야자나무에 매달린 원숭이는 자신의 먹잇감을 따며 세 동물의 먹이 사냥을 구경한다. 초록 바탕의 가로세로 선들은 동물들의 역동성을 표현하고 세 동물의 충혈된 눈은 공격성을 강조한다. 동물의 세계의 한 장면이지만 어쩐지 우리 삶의 단면을 비유한 것 같기도 하다.

비뱅은 도시 풍경화에 밝은 면과 어두운 면을 함께 그려 삶의 양면성을 보여주고 동물화를 통해 약육강식에 따른 생존의 처절함을 보여준다. 평생 우체부였던 그는 셀 수도 없이 많은 우편물을 나르

루이 비뱅
사슴을 공격하는 늑대
Loups Attaquant un Cerf

며 타인의 삶을 가까이서 지켜봤을 것이다. 그리고 그 녹록지 않은 인생을 회색 톤으로 표현했다. 예술과 낭만의 도시라고 왜 우울하지 않겠는가? 어느 날은 아름답고 또 어느 날은 슬픈 것이 우리 인생이라는 것을 그는 알고 있었으리라.

비뱅이 무모한 꿈보다 현실에 맞는 소박한 꿈을 꾼 것은 평생 우체부였던 그의 직업적 특성이었을까, 아니면 인생의 이치를 깨달은 노년에 붓을 들어서였을까? 때로는 빠른 시작보다 늦은 시작이 좋을 때도 있음을 비뱅의 그림을 통해 배운다.

루이 비뱅
겨울 저녁 교회 가는 길
Abendlicher Kirchgand im Winter

어느 날은 아름답고 또 어느 날은 슬픈 것이
우리 인생이라는 것을 그는 알고 있었으리라.

PART 2

꿈을 그리다 ──

1.

사소함을 그린
화가

1990년 무라카미 하루키(Murakami Haruki, 1949~)는 수필집《무라카미 하루키 수필집3 : 랑겔한스 섬의 오후》에서 '누구나 경험할 수 있는 일상에서 느끼는 작은 행복감'을 소확행이라고 칭했다. 몇 년 전부터 우리나라에도 소확행이 유행하면서 소소한 즐거움을 누리고 사는 사람이 늘어났다. 남을 의식하는 보여주기식 행복이 아니라 오직 자신이 기준이 되는 소확행은 때로 너무 사소하고 시시해서 피식 웃음이 흘러나올 때도 있다. 하루키의 경우 갓 구운 빵을 손으로 찢어 먹으며 행복을 느끼고 제주에 사

루이 비뱅
세 사람과 한 마리 개
Trois Personnages avec un Chien

L.VIVIN

루이 비뱅
두 마리 비둘기
Les Deux Pigeonniers

는 이효리 부부는 비 오는 날 뜨거운 물에 몸을 담그고 빗소리를 들으며 행복을 느낀다고 하니 누구나 일상에서 마음만 먹으면 소확행을 찾을 수 있을 듯하다.

비뱅은 풍경화를 즐겨 그렸지만 아주 사소한 일상을 기록해 놓은 것 같은 그림도 종종 그렸다. 〈세 사람과 한 마리 개〉라는 그림을 보면 앞치마를 두른 중년 여인이 개와 놀고 있는 모습이 먼저 눈에 들어오고 그다음에는 멋지게 차려입은 노부부가 따뜻한 햇볕 아래 앉아 한가로운 시간을 보내고 있는 모습이 보인다. 마당에는 정성스럽게 가꾼 꽃들이 질서 정연하게 심겨 있다. 개를 부르는 중년 여인의 모습은 즐거워 보이고 나란히 앉은 노부부의 모습도 전원 풍경과 잘 어우러져 평범한 이웃처럼 느껴진다. 계속 보고 있으면 마음이 편안해지는 그림이다. 이처럼 비뱅은 일상의 평범하지만 따뜻한 순간들을 잘 포착했다. 아마도 우체부였던 비뱅이 우편물을 배달하며 만난 사람들은 그림과 같은 모습으로 그를 반겨주지 않았을까? 다정한 아주머니는 따뜻하게 안부를 묻고 개도 꼬리를 흔들며 반가워했으리라.

비뱅의 〈두 마리 비둘기〉는 제목을 먼저 알고 그림을 봐도 한참을 찾아야 비둘기가 보인다. 그림 중앙을 중심으로 데칼코마니처럼 서로를 바라보는 한 쌍의 비둘기를 발견하고 나면 이 그림이 집과

루이 비뱅
불 경기하는 사람
Boule-Spieler

정원, 꽃을 수확하는 사람까지 모두 데칼코마니처럼 좌우 대칭 구조로 그려졌다는 사실을 알게 된다. 흐드러지게 핀 꽃과 그 꽃을 수확하는 여자들, 꽃다발을 만들며 노는 아이들, 주인 곁을 지키는 충실한 개까지 모두 여유롭게 소소한 일상의 행복을 누린다. 흐린 날이 많은 파리에서는 태양을 닮은 해바라기만 봐도 행복 호르몬이 나온다고 하니 벤치에 앉아 있는 아저씨, 아주머니는 명당을 차지한 셈이다.

프랑스 남자 어른들의 소확행 중 하나는 프랑스 전통 구기 운동인 페탕크(petanque)다. 지금도 프랑스를 여행하다 보면 강변이나 공원에서 남자들이 모여 쇠 구슬을 던지는 모습을 쉽게 목격할 수 있다. 언뜻 아이들의 놀이처럼 보이지만 세계대회까지 있는 어엿한 스포츠다. 예나 지금이나 쇠로 만든 공, 불(boule)만 있으면 어디서든 할 수 있는 편리함 때문에 일상에서 즐기는 스포츠라고 한다. 비뱅의 그림 〈불 경기하는 사람〉을 보면 마치 어른들이 아이처럼 구슬치기에 열을 올리는 모습에 어린 시절 추억이 떠올라 웃음을 머금게 된다.

바쁘게 돌아가는 현대사회에서 한가롭게 노는 일이 게으르고 한심해 보일지 모르지만 생업에 지친 사람들에게는 일상의 압박을 견딜 수 있는 보호막이 있어야 한다. 그 보호막은 이렇게 사소하고 시시한 시간을 보내며 재충전을 하는 것으로도 지켜진다. 비뱅이 그린 것과 같은 평범한 날의 풍경들이 많을수록 그 사회는 건강한 것이다. 거창하거나 내세울 만한 것은 아닐지라도 결국 이런 사소한 즐거움이 모여 행복을 이룬다.

루이 비뱅
바닷가, 해수욕하는 사람과 해수욕장
Bord de Mer, Baigneurs et Plage

2

다른 화가,
비슷한
그림

                비뱅의 〈이른 아침 산책〉과 위트릴로의 〈테르트르 광장〉은 제목은 다르지만 무척 비슷하게 보인다. 나란히 붙어 있는 건물과 골목길도 그렇고 가로수 위치마저 같다. 사실 이 두 그림은 같은 장소를 비슷한 구도로 그린 것이니 그럴 만도 하다. 이곳은 바로 몽마르트의 테르트르 광장이다. 테르트르 광장에는 초상화를 그려주는 화가들이 옹기종기 모여 있다. 낮에는 관광객이, 아침저녁으로는 주민들의 발길이 복작거리는 곳이라 날씨 좋은 날에는 이곳에서 사람 구경만 해도 시간 가는 줄 모를 만큼 재미가 있고

날씨가 궂은날이면 카페테라스에 앉아 운치 있게 차를 즐기기에도
참 좋다.

비뱅과 마찬가지로 위트릴로 역시 몽마르트르의 터줏대감이었
다. 비뱅이 1889년부터 47년간 몽마르트르 뒤편의 공무원 아파트
에서 안정적으로 살았다면 위트릴로는 1883년 몽마르트르에서 사
생아로 태어나 불우한 어린 시절을 보냈다. 두 사람은 동시대에 몽
마르트르에서 살았으나 서로 알고 지낸 것은 아니었다. 비뱅은 위
트릴로보다 스물두 살이 많지만 비뱅이 전업 화가가 된 것은 1923
년 우체국을 퇴직하고 1년 뒤인 62세 때였고, 위트릴로가 본격적으
로 활동을 시작한 것은 20세였던 1903년이었으니 화가 경력으로
는 위트릴로가 20년 선배인 셈이었다. 그렇다면 어떻게 두 사람의
그림이 그토록 비슷한 것일까? 설마 단순한 우연일까?

당시 독학으로 그림을 그린 화가들은 인상파 화가들처럼 그룹을
만들거나 서로 정보를 교환할 통로가 없었다. 그래서 엽서나 책의
삽화, 미술관, 만국박람회 같은 곳에서 정보를 얻고 작품의 소재를
찾았다. 비뱅과 위트릴로 역시 독학으로 그림을 그렸으므로 엽서나
책의 삽화가 중요한 소재가 되었다. 두 사람의 그림이 비슷한 이유
는 바로 엽서를 참고해 그렸기 때문이다. 각자가 그릴 때의 계절과
시간, 감정과 느낌, 표현법이 달라 비슷한 듯 다른 그림이 탄생한

루이 비뱅
이른 아침 산책
Early Morning Promenade

모리스 위트릴로
테르트르 광장
La Place du Tertre
1910년경
테이트, 런던

것이다. 같은 장소에서 동시에 그림을 그려도 누가 그리느냐에 따라 각각 다른 그림으로 완성되듯 비슷한 엽서를 보고 그려도 화가에 따라 결과물이 다르게 나온다.

비뱅의 그림은 아침 햇살 아래 산책하는 신사와 이른 출근을 하는 사람들로 활기찬 아침이 막 시작되려는 모습이다. 이에 비해 위트릴로의 그림은 오가는 사람도 없고 가게마저 온기가 없어 황량한 풍경이다. 그림에 나타난 시간대도 계절도 모두 비교가 된다. 마음을 반영하는 것이 그림이라고 하는데 차분하고 성실했던 비뱅과 외롭고 거칠었던 위트릴로의 감정이 그림에 고스란히 담긴 듯해 가슴이 아프다.

위트릴로가 엽서를 보고 〈테르트르 광장〉을 그렸다는 것은 이 작품을 소장하고 있는 테이트의 기록에 적혀 있다. 비뱅이 엽서를 보고 〈이른 아침 산책〉을 그렸다는 것은 미술 평론가 겸 화상인 우데가 비뱅에게 직접 들은 이야기라고 한다. 비뱅은 파리의 우체부였기 때문에 누구보다 엽서를 많이 접했고 또 구하기도 쉬웠기 때문에 자연스럽게 엽서에서 영감을 얻었다.

사진이 귀했던 시절 가난한 예술가에게 엽서는 가장 손쉽게 접할 수 있는 그림 소재였다. 하지만 같은 장소의 엽서라도 보는 사람의 마음에 따라 때론 행복하게 때론 외롭게 그려진다. 어디 그림뿐

일까. 같은 풍경도 어떤 마음으로 보느냐에 따라 때론 행복하게 때
론 외롭게 다가온다.

서툴러서
오히려
신비한 그림

_____ 1925년 우데가 비뱅을 처음 만났을 때 비뱅
은 연금으로 살아가는 퇴직자였고 새벽부터 저녁까지 그림을 그렸
다. 비뱅은 직장에 다닐 때나 퇴직 후에나 생활이 크게 다르지 않았
다. 매일 일정한 시간에 일어나 자신의 일과인 그림을 성실히 그렸
다. 자료를 보고 파리 풍경을 그리거나 혹은 다른 방법으로 소재를
찾았는데 정확하고 사실적인 표현을 위해 건물의 벽돌과 대리석,
바닥에 깔린 돌까지 지나칠 정도로 세밀하고 규칙적으로 그렸다.
행인들은 항상 일정한 간격을 유지하고 있으며 자동차와 사람조차

도 균형을 맞췄다.

비뱅은 정해진 루틴에 따라 그림을 그렸고 스스로 혹독한 비평가가 되어 자신을 다스렸다. 그런데도 그의 작품을 자세히 들여다보면 소실점을 찾지 못해 원근법이 어긋난 곳이 눈에 들어온다. 또 건물의 앞면과 옆면을 동시에 그리거나 지나치게 바짝 붙여 왜곡하기도 하고 벽돌은 직선으로만 그려 현실성이 떨어진다. 20세기 이후에는 원근법을 무시하는 야수주의, 입체주의, 초현실주의 등이 성행했으니 원근법이란 용어 자체가 무색해졌지만 비뱅이 그림을 그렸던 시대에는 전통 화법인 원근법과 입체적인 표현이 중요했는데도 말이다.

비뱅처럼 독학으로 그림을 그린 소박파 화가들은 학구적으로 그림을 그린 것이 아니라 엽서, 삽화, 사진, 인쇄물 등을 참고해 자신의 경험과 상상력을 그림에 첨가했다. 이런 방법은 전통적인 사실주의와는 거리가 있었다. 하지만 이 같은 소박파 화가들의 자유로운 표현은 피카소를 놀라게 했고 초현실주의 화가들에게 영감을 주었다. 소박파 화가들의 작품들은 사실성과 상상력을 넘나들며 오히려 사실주의를 뛰어넘는 결과를 낳았다.

비뱅은 초기 초현실주의 화가라고 할 수 있다. 현실을 초월한 그의 그림은 신비하게 느껴진다. 그는 때로 그리고 싶은 것만 그렸기

루이 비뱅
생 뱅상 드 폴 성당
L'Église de Saint Vincent de Paul

●
루이 비뱅
예술의 다리
Le Pont Des Arts
1920

루이 비뱅
예술의 다리 부분

루이 비뱅
팡테옹
Panthéon

때문에 표현력이 한층 강화되었다. 실제로 비뱅은 영적이고 초자연적인 현상에 관심을 가졌다고 한다. 비뱅을 잘 알지 못하는 사람들은 원근법이 무시된 정적인 그의 그림을 비주류로 취급해버렸지만 그는 주제를 정확히 드러낼 줄 알고 대담하고 선명한 색의 효과를 명확히 아는 화가였다. 무채색 바탕에 포인트로 칠한 빨강, 파랑, 노랑은 활력과 독창적인 아름다움을 보여준다.

비뱅의 가장 놀라운 점은 다양한 색조의 회색에 있다. 〈생뱅상드 폴 성당〉, 〈예술의 다리〉, 〈팡테옹〉 등에 각양각색의 회색이 보이고 다른 풍경화에도 회색은 빠지지 않는다. 그는 어두운색과 밝은색을 병치해 대조와 조화를 유도하고 무채색과 원색을 적절히 선택해 그림에 매력을 더했다.

비뱅의 회색이 코로 그림에서 배운 전통적인 회색이라면 색의 대조는 에두아르 마네(Edouard Manet, 1832~1883)의 스타일을 따라 한 것이다. 즉, 비뱅의 색조는 프랑스 화가들의 전통을 이은 것이라고 할 수 있다. 현실인 듯 현실이 아닌 상상의 풍경을 전통적인 색조로 화폭에 담은 것이다. 전문성과 비전문성 사이에서 그림에 대한 그의 진지한 태도가 엿보인다. 이는 우리가 비뱅의 그림에 끌리는 이유이자 오늘날까지 소박파 화가들이 사랑받는 이유이기도 하다.

4

꽃이 된
외톨이
화가

━━━━━━━━━━ 김춘수 시인의 시 〈꽃〉에는 "내가 그의 이름
을 불러주었을 때 그는 나에게로 와서 꽃이 되었다"는 구절이 있다.
마치 사랑 고백처럼 들리지만 사실 우리에게는 꼭 연인뿐만 아니라
누군가에 의해 꽃이 되고 싶은 욕구가 있다. 이름이 불리는 순간 그
꽃에 의미와 존재 가치가 생기기 때문이다.

　홀로 그림을 그리던 외톨이 화가들의 이름을 불러준 이는 빌헬
름 우데라는 눈 밝은 미술 평론가였다. 독일인인 우데는 피카소와
조르주 브라크(Georges Braque, 1882~1963)의 입체주의 전시를 최초로

열어주었고 소박파를 세상 밖으로 비상하게 한 놀라운 능력자였다. 우데는 어떻게 이름 없는 화가들을 발굴하게 되었을까?

1922년, 우데는 몽마르트르 가두 전시회(Foire aux Croûtes)에서 비뱅의 작품을 보게 되었다. 비뱅은 카미유 봉부아(Camille Bombois, 1883~1970) 등과 함께 전시했는데 이 전시를 본 우데는 미술을 전공하지 않은 아마추어 화가의 열정과 순수한 매력에 깊이 매료되었다.

빌헬름 우데 자택.
1946
ⒸArchives Fondation Dina
Vierny-Musée Maillol, Paris

앙리 루소
잠자는 집시 여인
La Bohémienne Endormie
1897
뉴욕현대미술관, 뉴욕

사실 우데는 10여 년 전부터 아마추어 화가들의 소박한 그림에 주목했다. 첫 화가는 앙리 루소였다. 루소는 양식에 매이지 않는 자유롭고 원시적인 그림을 그렸는데 이 점이 우데의 눈에는 무척 신선하게 보였다. 루소는 파리 세관원으로 근무하며 일요일마다 그림을 그리는 일요화가였다. 루브르박물관에서 명화를 모사하며 실력을 쌓다가 49세에 퇴직한 후 본격적으로 그림을 그렸다. 우데는 1907년 루소에 관한 논문을 최초로 발표했고 1908년 루소의 첫 개인전을 열어주었는데 안타깝게도 루소는 세상에 이름이 알려질 즈음에 생을 마감하고 만다.

우데가 발굴한 또 다른 화가는 세라핀 루이였다. 1912년 프랑스 북동부의 아름다운 마을 상리스에 휴양을 갔을 때 우데는 운명처럼 세라핀을 만났다. 그는 자신의 허드렛일을 도와주는 세라핀이 그린 정물화를 보고 깜짝 놀랐다. 세라핀은 그림 공부는커녕 어떤 배움도 없이 시골에서 홀로 그림을 그리는 외톨박이였는데 그림의 불타는 듯한 색채와 꿈틀거리는 꽃잎에는 사람의 마음을 파고드는 기운이 있었다. 세라핀의 집념과 예술혼에 감동한 우데는 그녀의 작품을 사고 향후 파리에서 개인전까지 약속했다. 하지만 안타깝게도 경제공황이 닥쳐 전시는 미뤄지고 그사이 세라핀은 정신병을 앓다가 생을 마감한다. 세라핀이 세상을 떠난 지 3년 후에야 우데의 노

루이 비뱅

오베르뉴 영사와 사크레쾨르 대성당

Le Consulat d'Auvergne et Le Sacré-Coeur

루이 비뱅
꽃과 과일이 있는 정물화
Nature Morte avec Fleurs et Fruits

력으로 파리와 다른 도시에서 그녀의 작품이 전시되었고 세라핀은 전 세계에 이름을 알리게 되었다. 세라핀의 이야기는 영화 〈세라핀 (Séraphine)〉(2008)으로 제작되기도 했다.

우데에 의해 발굴된 또 다른 화가인 앙드레 보샹(André Bauchant, 1873~1958)은 원예사인 아버지와 함께 정원 원예사로 일했다. 보샹 역시 늦깎이 화가로 40대 중반부터 본격적으로 활동했다. 보샹은 아내의 정신병 치료를 위해 전원생활에 들어가면서 그림을 그리기 시작했다. 특히 보샹은 건축가 르코르뷔지에(Le Corbusier, 1887~1965) 와 러시아 미술 평론가이자 공연 제작자 세르게이 디아길레프 (Sergei Diaghilev, 1872~1929)에게 찬사와 지지를 받았다. 디아길레프 는 보샹에게 무대장치를 맡기기도 했다.

카미유 봉부아 역시 우데의 눈에 띈 화가였다. 봉부아와 우데의 인연은 그가 1922년 몽마르트르 가두 전시회에서 비뱅과 함께 전시를 하며 시작되었다. 봉부아는 프랑스 부르고뉴에서 태어났고 농가 일을 하며 틈틈이 전원 풍경화를 그렸다. 이후로는 파리에서 공사판 노동자, 인쇄공, 서커스 단원, 레슬링 선수 등 여러 직업을 전전하면서도 붓을 놓지 않았다. 몽마르트르 가두 전시회 당시 그의 나이는 39세였다.

우데와 비뱅이 처음 만난 것은 몽마르트르 가두 전시회 3년 후

세라핀 루이
천국의 나무
L'Arbre du Paradis
1929년경

인 1925년이었다. 우데는 비뱅의 그림을 보고 나서 그의 작품 세계에 관해 궁금한 것이 많아졌다. 우데가 비뱅의 몽마르트르 아파트를 방문했을 때 비뱅은 자신의 초기작과 퇴직 후 그린 그림들을 보여주었다. 비뱅의 아파트 한쪽 벽에는 큰 습지에 혼자 있는 플라밍고 그림이 걸려 있었다. 비뱅이 1889년 우체국 직원 전시에 출품한 작품이었다. 우데는 이 그림을 구매하고 카르티에라탱(Latin Quarter) 지역에 있는 자신의 집으로 가져가 35년 동안 함께했다.

우데는 20여 년 동안 지속적으로 관심을 가져온 소박파 화가들을 한자리에 모아 마침내 1928년과 1932년 두 번에 걸쳐 전시를 했다. 사람들은 이를 '전설적인 소박파전'이라고 불렀다. 첫 번째 전시는 1928년 4개의 길 갤러리(Gallerie des Quatre Chemins)에서 열린 '성심 화가들(Les Peintres du Cœur-Sacré)' 전시였는데 이들을 성심 화가라고 부른 이유는 몽마르트르 성심이라는 마켓에서 그림을 팔았기 때문이다. 두 번째 전시는 1932년 조르주 베른하임 갤러리(Georges Bernheim Gallery)에서 열린 '원시적 현대미술' 전시였다.

우데는 루소와 세라핀에게 그림 조언을 아끼지 않았으며 비뱅과도 자주 만나 진솔한 토론을 하고 그들의 친구이자 멘토가 되었다. 우데의 전폭적인 지지와 관심이 없었다면 오늘날의 소박파가 형성될 수 있었을까? 우데는 고립된 무명 화가들의 이름을 불러 꽃으로 만들어주었다. 소박파라는 예쁜 이름도 지어주었고 세계 미술관에 그들의 자리도 마련해주었으니 소박파의 대부라고 해야 하지 않을 까 싶다. 우데와 다섯 명의 소박파 화가들에 관해 더 알고 싶은 사 람을 위해 이 책의 부록에 좀 더 자세한 이야기를 소개해두었으니 참고하길 바란다.

5

파리의
하늘 아래
샹송이 흐르고

─────────── 줄리앙 뒤비비에르(Julien Duvivier, 1896~1967)
감독의 영화 〈파리의 하늘 아래(Sous Le Ciel De Paris)〉(1951)는 파리
탄생 1,500주년을 기념해 만든 옴니버스 형식의 작품이다. 센강을
따라 굴곡진 이야기들이 뭉게구름처럼 피어났다 사라지기를 반복
하며 아슬아슬하게 펼쳐지는데, 영화의 배경이 되는 파리 풍경은
낭만적인 감성을 자극한다.

비뱅 또한 파리의 하늘 아래 몽마르트르에서 펼쳐진 이야기를
화폭에 담았다. 비뱅의 〈파리, 몽마르트르, 라팽 아질 카바레〉를 보

루이 비뱅
파리, 몽마르트르, 라팽 아질 카바레
Paris, Montmartre Cabaret Lapin Agile

앙드레 질
라팽 아질
Lapin Agile

자. 몽마르트르 북쪽에 자리 잡은 라팽 아질은 19세기 후반 시인, 문인, 화가 등 수많은 예술가가 발걸음한 전설적인 선술집이다. 싼값으로 배불리 먹고 동료들과 대화할 수 있는 동네 사랑방 같은 이곳에는 르누아르, 로트레크, 피카소, 마티스, 모딜리아니, 기욤 아폴리네르(Guillaume Apollinaire, 1880~1918)와 그의 연인 마리 로랑생(Marie Laurencin, 1883~1956), 위트릴로 등이 단골손님으로 드나들었다. 이들은 라팽 아질에서 허기진 배를 채우고 인생을 토로하며 예술적 영감을 떠올렸다. 피카소는 처음 몽마르트르에 왔을 때 바로 이곳 라팽 아질 맞은편 라 메종 로즈(La Maison Rose)에 살며 여름 저녁이면 라팽 아질 테라스에서 많은 시간을 보냈다고 한다.

라팽 아질이란 가수이자 풍자 화가인 앙드레 질(André Gill, 1840~1885)이 포도주병을 들고 냄비에서 뛰쳐나오는 토끼를 가게 벽에 그린 뒤 'Lapin a Gill'로 사인을 한 데서 유래한 이름이다. 라팽 아질의 뜻은 '민첩한 토끼'인데 '냄비에서 도망간 토끼' 정도로 해석하면 될 것이다. 100여 년이란 시간이 흘렀는데도 여전히 남아 있는 토끼 벽화가 무척 신기하고 재미있다. 지금도 라팽 아질에 가면 가벼운 식사를 할 수 있으며 이곳을 기억하는 수많은 관광객이 모여들어 기념사진을 찍는다.

라팽 아질은 예술적으로 의미가 있는 장소인 만큼 화가들의 단

모리스 위트릴로
라팽 아질
Lapin Agile
1930년경

골 소재가 되기도 했다. 앞 장에서 비뱅과 비슷한 그림을 그린 화가로 언급한 위트릴로도 라팽 아질을 그렸다. 위트릴로의 그림 〈라팽 아질〉은 그의 불행했던 시절처럼 쓸쓸해 보이는데 비뱅의 그림 속 라팽 아질은 사람 사는 이야기가 정겹게 그려져 있다. 악기를 연주하는 남자와 악보를 보며 노래 부르는 여자가 보이는 거리는 노랑 바탕과 어우러져 무척이나 사랑스럽다. 비뱅의 그림에 민첩한 토끼는 보이지 않지만 라팽 아질에 모여드는 사람들의 발걸음은 민첩한 토끼처럼 가벼워 보인다. 테라스의 연인, 동네 친구들, 건너편에서 그림 그리는 화가까지 몽마르트르에는 사랑과 낭만이 뭉게구름처럼 몽실몽실 피어난다.

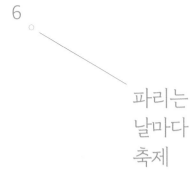

헤밍웨이는 결혼한 직후인 1921년부터 1928년까지 7년간 파리에 머무르며 소설가로서의 기반을 다지고 해외 통신원으로도 일했다. 그가 이 시절의 추억을 얼마나 소중하게 간직했는지는 생을 마감하기 전 쓴 《파리는 날마다 축제》라는 제목의 파리 체류기를 보면 알 수 있다. 비록 미완성 유작이 되었지만 신인 작가의 타오르던 열정, 예술가들과의 교류, 셰익스피어 앤드 컴퍼니(Shakespeare and Company)의 추억, 첫 아내 해들리 리처드슨(Hadley Richardson, 1891~1979)과의 달콤했던 신혼 생활, 《위대한 개츠비》의

저자 스콧 피츠제럴드(Scott Fitzgerald, 1896~1940)와의 일화 등을 풋풋하고 아련한 감성으로 남겼다. 헤밍웨이뿐 아니라 파리에 머물렀던 예술가 대부분이 파리와의 인연을 평생 간직하며 영감의 원천으로 생각했다.

그런데 헤밍웨이의 《파리는 날마다 축제》를 읽다 보면 그가 아주 사소한 이야기들까지 책에 적었다는 것을 알게 된다. 카페 손님의 인상착의, 자신이 주문한 음료 종류, 글 쓰는 습관, 거트루드 스타인(Gertrude Stein, 1874~1946)과 나눈 시시콜콜한 대화, 친구의 술주정까지 정말 자잘한 이야기들이다. 반면 명화를 보기 위해 거의 매일 뤽상부르미술관에 간 것, 셰익스피어 앤드 컴퍼니에서 돈이 없어 쩔쩔맨 일화, 책의 뒷부분에 나오는 첫 아들 존(John)과의 대화들은 무척 흥미롭다. 마초 성향의 헤밍웨이가 미술 애호가였고 다정다감한 아빠였다는 사실은 솔직히 놀라웠다.

특히 이 책에 자주 등장하는 스타인은 미국 화상이자 문인으로 '잃어버린 세대(Lost Generation, 옛 가치관을 잃고 방황하게 된 세대, 길 잃은 세대라는 의미)'라는 용어를 처음 쓴 작가이자 미술계의 대모였다. 상속받은 유산으로 당시 유명하지 않았던 폴 세잔(Paul Cézanne, 1839~1906), 폴 고갱(Paul Gauguin, 1848~1903), 르누아르, 마티스, 피카소의 그림을 샀는데 이 같은 놀라운 안목과 파격적인 행보는 가난

루이 비뱅
몽마르트르 전경
Vue de Montmartre

한 화가들을 구제했고 그들의 사기를 북돋아주었다. 스타인의 아파트는 살롱 역할을 하며 20세기 미술의 산실이 되었다. 젊은 피카소도 스타인 덕분에 집을 샀고 그녀의 집에 걸린 마티스의 작품을 보며 경쟁심에 불타올라 입체파를 탄생시켰다는 일화도 있다. 헤밍웨이와 피카소는 스타인 집에서 만난 인연으로 가깝게 지냈다.

헤밍웨이는 20대 젊은 시절 파리의 구석구석을 누비며 단골 카페에 앉아 파란 공책 한 권, 연필 두 자루만으로 글을 썼다. 오랜 세월이 흘러 신인 작가는 노벨문학상을 받은 대문호가 되었고 세계 곳곳에 발자취를 남겼지만 파리에서 보낸 7년을 가슴 깊이 그리워했다. 가난했던 그 시절 아내에게는 점심 약속이 있다고 하고 집을 나와 뤽상부르공원에서 배고픔을 달랜 일, 어린 아들을 돌보며 카페에서 글을 쓴 일, 스타인에게 실망하고 결별한 일 등 지난날의 소소한 추억들이 그의 기억에 또렷이 소환된 것이다.

인생이란 큰 사건으로 변화를 맞이하기도 하지만 한편으로는 이런 작은 이야기들이 모여 성장하고 완성되는 것이기도 하다. 비뱅도 사소한 일상을 종종 그렸는데 〈몽마르트르 전경〉을 보면 다정한 연인들, 아이와 노는 엄마, 산책하는 신사 등 모두가 특별할 것 없는 평범한 일상을 보내는 모습이다.

비행기 사고 후유증과 우울증으로 62세에 스스로 생을 마감하기 전 헤밍웨이는 파리 체류 경험을 글로 옮기며 가난했지만 찬란했던 날들을 회상했다. 누구에게나 인생에서 가장 행복했던 시절이 있다. 그 시간들은 다른 사람의 눈에는 사소해 보일지 모를 일상에서 비롯될 때가 많다. 비뱅의 〈몽마르트르 전경〉이 보는 이의 마음을 사로잡는 이유는 헤밍웨이가 파리를 그리워한 것처럼 자신만의 소소하고도 소중한 추억을 떠올리게 해주기 때문이다.

봉주르, 파리 3.
행동하는 지성인 헤밍웨이

헤밍웨이는 미국 시카고 출신으로 아버지는 의사, 어머니는 성악
가였다. 고등학교를 졸업한 후 이탈리아 군대에 입대했으나 중상
을 입고 귀가한다. 파리 특파원으로 발령받아 첫 부인 리처드슨과
7년간 파리에 머물며 작가로 성장한다. 1926년 첫 소설《해는 또다
시 떠오른다》를 출판한 후 1929년《무기여 잘 있거라》를 발표하면
서 세계적 명성을 얻었다. 그의 단편〈노인과 바다〉는 1953년 퓰리
처상, 1954년 노벨문학상을 수상했다. 제1차세계대전, 스페인내란,
터키 내전에 참전했으며 제2차세계대전 때는 쿠바 해안 근무를 자
원하기도 한 행동하는 작가였다. 아프리카 사파리에서 두 번의 비
행기 사고를 당하고 구사일생으로 목숨을 구했지만 활동은 멈춰야
했고 그 후유증으로 우울증에 시달렸다.

그는 한곳에 머물지 않고 미국 플로리다주 키웨스트와 쿠바 아
바나에서 살았으며 마지막에는 미국 아이다호주 케첨(Ketchum)에
서 지냈다. 생을 마감하기 전《파리는 날마다 축제》를 썼으며 1961
년 아이다호주에서 자살로 62세의 생을 마감했다.

PART 3

행복을 그리다 ——

비뱅, 행복한 화가가 되다

1

레알 광장에서
동화 같은
하루

                  비뱅이 그린 〈레알 광장과 생퇴스타슈 성당〉
은 직관적으로 봤을 때 참 순수하고 예쁜 그림이라는 생각이 든다.
생기 넘치는 시장과 프랑스 느낌이 폴폴 나는 성당을 마치 동화의 한
장면처럼 그렸다. 성당의 앞면과 옆면을 한 화면에 그린 점이 인상적
이고 푸른 창은 시원한 느낌을 준다. 성당 벽의 선들은 벽돌을 하나
씩 쌓듯 규칙적인 리듬으로 그렸다. 광장의 시장에서 분주히 움직이
는 상인들, 손님들의 간격과 모습은 또 어쩌면 이리도 일정할까?
    〈레알 광장과 생퇴스타슈 성당〉에 그려진 생퇴스타슈 성당(Église

루이 비뱅
레알 광장과 생퇴스타슈 성당
La Place des Halles et L'église Saint-Eustache, Paris
1935

Sáint-Eustache)은 파리에서 가장 아름다운 성당 중 하나로 프랑스 국왕 루이 14세, 극작가 몰리에르(Moliere, 1622~1673), 마담 퐁파두르(Marquise de Pompadour, 1721~1764)가 세례를 받은 곳으로 유명하다. 1532년부터 1637년까지 무려 100여 년에 걸쳐 지어졌다. 기본 골격은 고딕 양식, 세부 장식은 르네상스 양식으로 되어 있고 아름다운 스테인드글라스와 프랑스에서 가장 큰 파이프오르간이 있다. 내부에는 페테르 루벤스(Peter Paul Rubens, 1577~1640)의 그림을 비롯한 예술 작품이 있고 성당 앞에 놓인 앙리 드 밀러(Henri de Miller, 1953~1999)의 조각 〈듣는 사람〉도 볼만하다. 건축학적으로 뛰어날 뿐 아니라 음악으로도 훌륭한 이 성당은 파리에서 놓치기 아까운 명소다.

100여 년 전 비뱅도 이 아름다움에 반해 성당을 화폭에 담았다. 그런데 비뱅의 작품을 보면 그가 합리적인 생각보다는 구성을 매우 중요하게 생각했으며 사실성보다는 리듬과 균형에 집중했다는 사실을 알 수 있다. 예를 들면 성당 좌측, 정육점 앞에서 고기를 나르는 사람들을 보면 똑같은 옷을 입고 같은 자세로 이동하고 있다. 시장에서 꽃을 파는 상인도 마찬가지로 거의 같은 옷을 입고 같은 모습으로 서 있다. 게다가 지나가는 사람, 가로등, 마차까지도 간격이 일정하다.

루이 비뱅
나비와 꽃다발
Bouquet de Fleurs avec Papillons

루이 비뱅
항구 풍경
Scène de Port

이번에는 비뱅의 다른 작품인 정물화와 항구 풍경으로 눈을 돌려 특징을 살펴보자. 비뱅의 정물화 〈나비와 꽃다발〉을 보면 중앙에 열두 송이 꽃이 꽂힌 화병이 놓여 있고 그 양쪽으로 작은 화병이 데칼코마니처럼 대칭을 이루고 있다. 꽃과 나비의 위치, 색의 강도가 구성과 균형에 맞춰져 있다는 것을 알 수 있다. 〈항구 풍경〉도 배와 사람들을 유심히 들여다보면 자연스러운 모습보다는 의도한 구성을 쉽게 발견할 수 있다. 그래서인지 비뱅의 그림을 보다 보면 '그림은 단순히 대상을 모방하는 것이 아니라 여러 관계 사이의 조화를 포착하는 것이다'라는 세잔의 말이 생각난다. 세잔의 그림은 모방을 뛰어넘어 원형과 색채의 조화를 추구했는데 비뱅 역시 그림의 조화를 가장 중요하게 생각했던 것 같다.

비뱅의 그림이 얼마나 특이한지 동시대 화가였던 귀스타브 카유보트(Gustave Caillebotte, 1848~1894)의 그림과 비교해 살펴보자. 카유보트의 대표작 〈파리의 거리, 비 오는 날〉은 초기 인상주의 작품이다. 인상주의 화가였던 카유보트는 사실주의에 기반해 파리 풍경을 그렸다. 우산을 든 사람과 건물들을 입체적으로 그렸고 원근감도 확실히 표현했으며 길에 깔린 보도블록도 매우 사실적이다.

한편 비뱅이 그린 건물은 마치 도면을 그린 것처럼 사실성과는 거리가 느껴진다. 사람은 크리스마스카드나 동화책 삽화처럼 단순

귀스타브 카유보트
파리의 거리, 비 오는 날
Rue de Paris, Temps de Pluie
1877
시카고 아트 인스티튜트, 시카고

하며 특히 건물이나 바닥에 그어진 선은 너무나 일정해 입체감은커녕 평면적으로 보이기까지 한다. 또 비뱅의 그림에서는 명암과 그림자를 찾을 수가 없다. 속된 말로 카유보트는 배운 사람이고 비뱅은 홀로 독학해 미술을 알지 못하는 아마추어라고 할까. 그런데 그렇게 뭔가 부족한 듯한 비뱅의 그림에서 카유보트 그림에서는 볼 수 없는 동화 속 이야기가 피어나는 것 같으니 신기하다.

그럼 두 화가의 화풍은 당시 어떤 평가를 받았을까? 당시 부르주아계층은 카유보트의 시민을 소재로 한 그림을 보고 '전통에서 벗어난 민중을 부추기는 작품'이라며 혹평했다. 이는 새로운 화풍이 처음 나오면 늘 생기는 통과의례 같은 일이다. 지금은 전 세계인이 가장 선호하는 화풍이 바로 인상주의이니 말이다.

비뱅의 아마추어 같은 그림은 어떤 평을 받았을까? 비뱅의 작품을 본 사람들은 그림에서 자신의 행복을 발견했다고 좋아했다. 비뱅의 그림은 이해하기 쉽고 독창성이 있었기 때문이다. 하지만 정작 비뱅은 살아 있을 당시에는 비주류 화가였고 그리 이름을 알리지는 못했다.

비슷한 시기에 살았던 카유보트와 비뱅은 생전에 크게 빛나지는 않았지만 현재는 둘 다 내로라하는 미술관에 작품을 걸었다. 카유보트의 작품은 오르세 미술관, 시카고 아트 인스티튜트에 가면 볼

루이 비뱅
파리, 몽마르트르 메드라노 원형극장
Paris, Montmartre: Cirque Medrano
1931

루이 비뱅
갈레트 방앗간
Le Moulin de la Galette
1926
아나톨 자코브스키 국제 나이브 아트 미술관, 니스

수 있고 심지어 〈파리의 거리, 비 오는 날〉은 시카고 아트 인스티튜트 대표작이 되었다. 비뱅의 작품은 뉴욕 모마, 런던 테이트, 파리 디에나 비에니 갤러리 등에서 만날 수 있다.

세계 최고의 미술관에서 무명인 비뱅의 작품을 사들인 것은 그의 독창성을 높이 샀기 때문이다. 비뱅처럼 그림을 그리는 사람은 세상에 단 한 사람뿐이다. 화가가 되는 길은 남들의 시선이나 유행을 따라가는 것이 아니라 자신의 정체성을 찾는 것임을 비뱅은 그림으로 보여주고 있다.

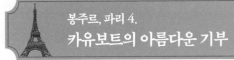

봉주르, 파리 4.
카유보트의 아름다운 기부

카유보트는 초기 인상주의 화가이자 동시에 부친에게 상속받은 막대한 유산으로 모네, 르누아르 등 인상파 화가들의 작품을 매입하고 그들을 물심양면으로 후원함으로써 노블리스 오블리주를 실천한 사람이다. 그는 안타깝게도 1894년 갑작스러운 뇌졸중으로 46세의 이른 나이에 세상을 떠난다. 사망하기 전 카유보트는 자신이 소장한 인상파 작품과 자신의 작품을 루브르박물관에 기증했는데 루브르박물관은 생존 작가의 작품은 소장할 수 없다는 이유로 거절했다. 그래서 카유보트가 기증한 작품 중 일부만 루브르에 소장되고 일부는 해외로 반출되었다. 사실 당시 루브르박물관의 거절 이유는 핑계에 불과했고 그 속내에는 인상주의 작품을 인정하지 않으려는 마음이 있었다. 카유보트가 기증한 67점의 작품은 1986년부터 오르세 미술관으로 이전해 전시하고 있는데 오르세 미술관은 카유보트 덕분에 인상파 그림이 더 풍성해졌다.

독신이었던 카유보트는 자신을 오랜 기간 돌봐준 가정부 도렐에게도 상당한 재산을 상속했다. 2019년 도렐의 손녀는 세상을 떠나기 전 카유보트 그림 다섯 점을 오르세 미술관에 기증하고 유산은 오터이 재단에 기증했다. 최근 크리스티 경매에서 카유보트의 작품이 2,000만 유로(260억 원)에 낙찰된 것을 참작하면 천문학적인 기부인 셈이다. 카유보트는 이 세상에 없지만 그 정신은 아름다운 기부로 되살아나는 듯하다.

2

노래하고
춤추는
그림

_____ 은퇴 후 본격적으로 그림을 그리기 시작한
비뱅은 시간이 지날수록 정해진 스케줄에 따라 규칙적으로 움직였
다. 새벽 5시에 일어나 경유 램프에 불을 켜고 이젤 앞에 앉았다. 그
의 책상과 의자에는 언제나 삽화가 있는 책, 잡지, 꽃 사진들, 다색
석판으로 인쇄된 그림엽서가 소복이 쌓여 있었다. 이 자료들이 작
품의 소재가 됐다. 그는 여러 자료 중 하나 또는 몇 개를 조합해 그
림으로 재구성하고 예술적 상상력을 더해 자신만의 색감을 덧입혔
다. 비뱅의 그림은 초기 초현실주의 작품 같다고 평가되는데 그 이

루이 비뱅
개 콘서트
Le Concert de Chiens
1920

루이 비뱅
작은 개들
Les Petits Chiens
1920

유는 그의 작업 방식이 현실과 상상력의 경계를 자유롭게 넘나들었기 때문이다.

비뱅이 1920년에 그린 〈개 콘서트〉와 〈작은 개들〉을 보자. 비뱅의 반려견인지까지는 알 수 없으나 그는 동일한 소재로 두 점의 그림을 그렸다. 같은 시기 파리에 살았던 헤밍웨이가 개나 고양이를 기르고 싶은데 돈이 없어 그럴 수 없었다고 푸념한 것을 보면 형편이 그보다 더 어려웠던 비뱅이 반려견을 키우기는 힘들지 않았을까 추측해본다.

〈개 콘서트〉는 가로 40센티미터, 세로 25센티미터로 8절 스케치북 정도의 크지 않은 유화 작품이다. 세 마리 개와 두 마리 고양이가 아래위의 구도로 나누어 선 채 마주 보고 있다. 다섯 마리의 동물이 내는 소리가 마치 노래를 하는 듯 시끌시끌해 '개 콘서트'라는 제목을 지은 것은 아닐지 상상의 나래를 펼쳐본다. 개의 위세에 놀라 테이블로 올라간 고양이 두 마리는 긴장감을 늦추지 못하지만 아래의 개 세 마리는 여유로워 보인다. 개의 크기에 비해 지나치게 작은 의자와 테이블도 눈길을 끈다. 배경에 그려진 액자와 거울은 원근법을 고려하고 봐도 너무 작다. 주인공인 개를 부각하는 것은 그림의 기본이지만 이렇게 극단적인 대비는 엉뚱한 재미와 초현실적인 느낌을 준다. 반면 같은 개를 소재로 한 〈작은 개들〉은 가로

세로 길이가 모두 10센티미터인 정사각형의 손바닥만 한 그림인데 어린 고양이를 겁주는 강아지들의 모습이 참 앙증스럽다.

강아지 그림을 그린 지 5년 후 비뱅은 〈발레〉라는 그림을 그렸다. 장소는 파리의 대표 명소 중 하나인 오페라 가르니에(Opéra Garnier)로 보인다. 비뱅의 주머니 사정을 짐작해보건대 직접 공연을 보고 그렸다기보다는 엽서나 사진 자료를 통해 간접적으로 공연을 경험하고 그림으로 표현한 것 같다. 무대에서 춤추는 발레리나와 관현악단의 흥겨움이 객석에도 전해지고, 그림을 보는 사람도 덩달아 즐거워진다. 무대배경은 비뱅의 또 다른 작품인 〈트리아농〉을 그대로 옮겨놓은 듯하고 무대 위 상단에 그려진 나팔 부는 천사도 〈알레고리〉 속 천사를 닮았다. 첫눈에 〈발레〉 그림이 끌린다면 그림에서 아이와 같은 천진함이 느껴지기 때문이리라.

실제로 발레 공연이 펼쳐지는 극장의 객석은 이렇게 밝지 않다. 그럼에도 비뱅은 흥겨움을 표현하기 위해 조명을 밝게 하고 빨강, 노랑, 파랑의 원색을 과감하게 선택했다. 또 무대를 중심으로 봤을 때 1, 2층 객석의 소실점이 일치하지 않는데 바로 이런 불완전함이 이 그림의 매력이다. 한껏 멋을 부린 부인들, 춤추는 발레리나, 한 땀 한 땀 그은 좌석의 선들이 무척 신선하고 재미있다. 비뱅의 자유로운 상상력이 깜찍하고 발랄한 그림을 탄생시켰다.

비뱅은 자신이 직접 본 것에든 간접적으로 본 것에든 자신의 색을 입힐 줄 아는 재능을 가졌다. 형편상 많은 것을 몸소 체험할 수는 없었지만 그의 캔버스는 마법에 걸린 것처럼 자유롭게 춤추고 노래하고 있다. 한국 서양화가인 황영자 작가는 자신이 갖지 못한 것을 그림으로 그리면서 대리 만족을 한다고 하는데 비뱅도 상상으로 그림을 그리며 기쁨을 느끼지 않았을까. 비뱅은 가진 것이 많지는 않지만 상상력만큼은 부자인 행복한 화가였다.

루이 비뱅
발레
Le Ballet
1925

루이 비뱅

트리아농

Le Trianon

릴 미술관(LaM), 릴(Lille)

3

행복을
오래오래
간직하는 방법

'인스타그램에는 슬픈 날이 없다'는 말이 있다. 그런데 정말 세상에 마냥 행복하기만 한 사람이 있을까? 그런 사람이 있을 리는 절대 없으니 상대적 박탈감은 금물이다. 인스타에는 각자 가장 행복했던 순간을 올리는 것인데 보는 사람들은 매번 그런 사진만 보이니 나만 행복하지 못하다는 착각이 드는 것일 뿐이다. 나는 인스타에 올라온 타인의 행복했던 순간을 보며 가끔은 자극을 받아 멋진 여행을 꿈꾸기도 하고 가끔은 '보이는 것이 다는 아니다'라며 삐딱하게 굴기도 한다.

루이 비뱅
피렌체
Florence

이렇게 SNS에 올라오는 행복한 장면들은 무엇을 의미할까? 바로 행복을 갈망하는 인간의 심리다. 그런데 행복의 불이 켜지는 스위치는 사람마다 다르다고 한다. 곰곰이 생각해보니 정말 그런 것 같다. 어떤 사람은 물건을 소유할 때 행복해지고 어떤 사람은 따뜻한 스킨십에 행복을 느낀다. 또 여행을 하거나 데이트를 하며 시간을 공유할 때 행복감을 느끼기도 하고 누군가에게 인정받을 때 행복해지기도 한다. 우리의 행복 스위치는 어떤 순간에 온(ON)될까?

나는 비뱅의 그림을 찾다가 행복 스위치가 켜진 적이 있다. 바로 비뱅이 그린 파스텔 톤의 이탈리아 풍경을 보고서였다. 피렌체의 골목 사이로 두오모 성당이 보이고 근사한 곤돌라가 관광객을 태우고 베네치아를 둥둥 떠다니는 풍경이었다. 2017년 우리 가족은 이탈리아 여행을 떠났다. 두 아들이 성인이 된 후 처음 가는 가족 여행이었다. 큰아들과 작은아들이 대학생이 되고 나서는 타지에서 시소처럼 엇갈리게 살다 보니 함께 긴 시간을 보내지 못했는데 마침 그해 여름 동시에 한 달을 비울 수가 있었다. 영국 BBC 방송이 선정한 '죽기 전에 꼭 봐야 할 낙원 1위'인 아말피 해안(Amalfi Coast)과 토스카나(Toscano)의 농가 민박 아그리투리스모(Agriturismo) 등에서 보낸 여름은 내 인생 최고의 여행이었다. 도시 전체가 박물관인 로마, 르네상스가 꽃핀 피렌체, 〈최후의 만찬〉이 있는 밀라노, 동화 같

루이 비뱅
베네치아: 교회가 있는 운하 풍경
Venice: Canal Scene with a Church

루이 비뱅
리알토 다리
Le Pont du Rialto

루이 비뱅
베네치아: 다리가 있는 운하 풍경
Venice: Canal Scene with a Bridge

은 베네치아 등 모든 일정이 꿈만 같았다.

그래서 이탈리아 여행을 생각할 때면 늘 행복 스위치에 불이 켜지는데 비뱅의 그림을 보고 바로 피렌체와 베네치아를 여행하던 날들이 떠오른 것이다. 우리는 아름다운 피렌체 풍경을 바라보는 것만으로도 너무 행복해 "좋다, 너무 좋아"를 연발했다. 그때 봤던 두오모 성당과 조토의 종탑(Campanile de Giotto), 여행객을 태우고 지나가던 마차가 비뱅의 그림 속에 그대로 담겨 있어 더욱 친근감이 느껴진다. 비뱅이 그린 베네치아의 곤돌라 풍경 역시 내 추억을 떠오르게 했는데 마치 동화의 한 장면처럼 환상적이고 사랑스러운 그림이다. 베네치아 산타루치아역에 도착했을 때 내가 가장 먼저 한 말이 "와, 어떻게 이런 환상적인 세상이 있지!"였으니 비뱅의 동화적인 표현은 그 느낌을 제대로 살린 셈이다.

그런데 비뱅이 이 그림을 이탈리아에 가서 그렸을 리는 없을 듯하다. 그는 생활이 궁핍했고 새벽부터 저녁까지 식사 시간과 오후 산책 시간을 제외하면 그림에만 몰두했으니 경제적으로나 시간적으로나 여행은 불가능했을 것으로 보인다. 아마도 앞의 다른 그림이 그랬듯 이탈리아에 직접 간 것이 아니라 엽서나 잡지의 사진을 보고 그린 것으로 추측된다. 요즘은 해외여행이 보편화되었지만 그 시절 해외여행을 한다는 것은 평범한 사람에게는 쉽지 않은 일이었다. 하지만 비뱅은 안 되는 일을 푸념하는 대신 다른 방식의 여행을 꿈꿨다. 바로 그림이었다. 어쩌면 넉넉지 못한 형편의 비뱅에게 이탈리아 여행은 비현실이었을지 몰라도 캔버스라는 상상의 공간에 표현된 동화적인 풍경은 현실의 우리를 행복하게 해준다.

비뱅이 이탈리아 여행을 갔는지 가지 않았는지는 중요하지 않다. 그는 이탈리아를 그리며 행복했고 우리는 비뱅의 그림으로 행복해졌으니 그것으로 감사한 일 아닌가? 인생에서 행복해지는 비결은 행복한 순간들을 오래오래 기억하는 것이다. 인스타그램이든, 캔버스든 어디에든 기록해 행복의 빛이 희미해질 때쯤 꺼내 보는 것이다.

4

예술
그 자체로
충분해

1948년 우데가 세상을 떠난 지 몇 달 후 그
의 저서 《다섯 명의 원시주의 거장들(Five Primitive Masters)》이 출판
되었다. 이 책은 오늘날 소박파 화가를 이해하는 데 매우 중요한 자
료다. 미술계의 아웃사이더였던 소박파 화가들은 남긴 자료가 많지
않은 데다 소박파를 발굴한 우데가 직접 쓴 글이기에 더욱 귀하다.
이 책에는 우데가 다섯 명의 소박파 화가들과 교류하며 직접 들은
그들의 작품 세계에 관한 이야기와 가정환경, 가족 관계, 직업, 가치
관, 소소한 일상 등이 그림과 함께 실려 있다. 마치 전시 팸플릿 서

문처럼 그들의 작품을 이해하는 데 도움이 될뿐더러 인간적인 면까지 들여다볼 수 있어 무척 감동적이다. 나 또한 이 책을 통해 비뱅의 작품과 삶에 한층 가까워졌다.

이 책에 실린 다섯 명의 화가는 모두 다양한 직업을 거쳐 화가가 되었다. 루소는 전직이 세관원이었고 비뱅은 우체부, 세라핀은 허드렛일을 돕는 가정부, 보샹은 원예사, 봉부아는 농부, 노동자, 인쇄공 등의 직업을 가졌다. 루소와 비뱅은 비교적 안정적인 직업이었고 퇴직 후 연금을 받았지만 나머지는 그마저도 허용되지 않은 하급 노동자였다. 이들이 세상에 화가로 이름을 날린 것은 본인이 사망한 이후거나 제2차세계대전 이후였으니 생전의 삶이 초라하고 힘들었음은 가히 짐작할 만하다.

이들은 모두 우데라는 미술 평론가 겸 화상을 통해 연결되어 있지만 공교롭게도 서로를 몰랐고 어떤 그룹에도 속해 있지 않았다. 우데가 주최한 두 번의 전시회를 같이했지만 교류한 것은 아니었다. 태어난 연도에도 상당한 차이가 있다. 루소는 1844년생, 비뱅은 1861년생, 세라핀은 1864년생, 보샹은 1873년생, 봉부아는 1883년생이다. 다만 이들은 모두 프랑스 지방 출신이고 미술학교를 나오지 않았으며 유행하는 예술 경향에 합류하지 않고 개인적인 작업을 했다는 공통점이 있다. 또 자신이 만든 견고한 세계에서

앙리 루소
꿈
Le Réve
1910
뉴욕현대미술관, 뉴욕

세라핀 루이
포도송이
Les Grappes de Raisins
1930년경
개인 소장

원시적인 본능에 의존해 그림에 매진했다. 그런데 이들의 원시적인 그림은 기존의 예술가가 그린 작품과 달리 순수하고 순박해 오히려 숭고한 힘을 지녔다. 원근법과 비율이 서툴고 합리적인 소재 선택에서 벗어난 그림들이 몽환적 상상력을 자극해 초현실주의에 영감을 제공했고 입체주의 탄생에도 도움을 주었으니 놀라운 일이다.

'전통적인 미술을 계승했느냐, 전통에서 벗어난 미술이냐'는 소박파 화가에게 중요한 문제가 아니었다. 이들은 자신이 그리고 싶은 소재를 주변에서 자유롭게 선택하고 자신의 감정을 실어 그림으로 그렸다. 이들의 체계화되지 않은 그림, 즉 미니어처 같은 그림, 일관된 패턴의 반복 등은 특이하고 강렬하게 사람을 끈다. 모두 각각의 개성으로 매혹적이고 독특한 서정적인 작품을 연출했다. 현실적으로 소재를 묘사하기도 하지만 종종 강박적인 관심이 과도해 초현실적인 공간이나 불안한 장면 그리고 공상적 이미지를 보여주기도 한다. 이들은 때론 유머러스하게 때론 엉뚱하게 새로운 길을 개척했다.

이들의 어릴 적 꿈은 화가였지만 가정 형편상 먼저 생업에 책임을 다한 후 자신의 꿈을 펼쳐나갔다. 마흔이 넘어 그림을 시작한 이도 있고 비뱅은 60대에야 비로소 본격적으로 그림을 그렸다. 하지만 이들의 태도는 삶에서나 예술 세계에서나 한결같이 성실하고 열

앙드레 보샹
이국적인 새들
Oiseaux Exotiques
1947
디에나 비에니 갤러리, 파리

정적이었다. 늦었기에 간절했고 가슴은 더 뜨거웠다. 당시 내로라 하는 예술가였던 피카소, 앙드레 브르통(Andre Breton, 1896~1966), 아폴리네르, 르코르뷔지에, 디아길레프 등은 이들의 소박하고 진지한 열정에 찬사를 보내며 작품 구매도 하고 나아가 이들의 작품에서 예술적 영감을 받기도 했다.

소박파를 지지한 사람들은 이들이 그림을 잘 그리느냐, 못 그리느냐는 판단보다는 예술 그 자체를 존중하고 이들의 때묻지 않은 순수한 창작열에 감동한 것이다. 사람의 마음은 때론 화려하고 완벽한 것보다 작고 소박한 것 그리고 아이와 같은 자유로운 영혼에 감동한다.

5

모마에
작품이
소장된다는 것

뉴욕현대미술관, 모마에 작품이 걸리는 것
은 많은 화가의 꿈이다. 늦은 나이에 작업을 시작했기에 마지막 순
간까지 붓을 놓지 않았던 비뱅은 길지 않은 기간 동안 비교적 많은
작품을 남겼다. 그리고 그가 세상을 떠난 후인 1938년부터 1976년
까지 총 12회에 걸쳐 모마에 그의 그림이 걸리게 된다. 대표 전시는
1938년 〈인기 있는 작품의 대가들(Masters of Popular Painting: Modern
Primitives of Europe and America)〉, 1944년 〈현대적 원시주의(Modern
Primitives: Artists of the People)〉, 1946년 〈회화와 조각 모음전(The

1938년 모마 전시장

Museum Collection of Painting and Sculpture)〉 등 다수의 모마 기획전이었다. 비뱅과 같이 전시한 화가들은 현대미술의 거장 피카소, 마티스, 호안 미로(Joan Miro, 1893~1983), 파울 클레(Paul Klee, 1879~1940)였고 소박파 화가 루소, 봉부아, 초현실주의 화가 막스 에른스트(Max Ernst, 1891~1976) 등도 함께 전시를 했다. 모마에서 첫 전시가 열리기 불과 2년 전인 1936년 비뱅이 세상을 떠났다는 사실을 생각하면 가슴이 먹먹해진다. 살아생전 이 소식을 들었다면 비뱅이 얼마나 기뻐했을까?

루이 비뱅
멧돼지 사냥
La Chasse aux Sangliers
1925

루이 비뱅
성당 내부
Intérieur d'Église

루이 비뱅
정물화
Nature Morte

루이 비뱅
랍스터가 있는 정물
Nature Morte au Homard
1925

루이 비뱅
사슴과 늑대
Le Cerf les Loups
1926

루이 비뱅
웨딩
The Wedding
1925년경
뉴욕현대미술관, 뉴욕

모마는 비뱅의 작품을 전시했을 뿐 아니라 그의 작품 두 점, 〈웨딩〉과 〈팡테옹〉을 구매했다. 세계 최고의 현대미술관에 그림이 소장되었으니 비록 사후지만 화가로서 비뱅의 이름은 영구히 남은 것이다.

화가로 삶을 마감한 후 자신의 작품이 권위 있는 미술관에 소장된다는 것은 최고의 평가이자 찬사다. 우리나라 이중섭 작가도 은박지 그림 세 점이 모마에 소장되면서 그의 위상과 가치가 한껏 높아졌다. 비뱅의 작품이 모마에 소장된 이야기는 많은 화가에게 희망을 줄 것으로 보인다.

모마에 소장된 그림 중 하나인 〈웨딩〉은 성당에서 결혼식을 마치고 모인 사람들이 광장에서 축하하는 모습을 담고 있다. 성당의 촛불은 신 앞에서의 신성한 결혼을 뜻하며 구경하는 주민들, 참석한 하객들 모두 신랑과 신부를 축복한다. 양쪽으로 보이는 건물은 황금빛으로 빛나고 굴뚝과 간간이 보이는 붉은색이 그림에 활력을 더한다. 자동차가 흔치 않던 시절 신랑, 신부를 태울 마차가 대기하고 있는 모습이 무척 낭만적으로 느껴진다. 좌우 대칭과 균형을 중시한 비뱅은 이 그림에서도 동상을 중심으로 좌우 무게감을 맞췄다. 비뱅의 작품 중 수작으로 평가되는 〈웨딩〉은 사용된 색이 무척 세련되고 구성이 매우 안정적이다. 청회색 바탕에 아기자기하게 그

려진 풍경은 새로 태어난 부부를 축복하는 행복한 그림이다.

모마는 비뱅의 〈팡테옹〉도 구매했는데 이 작품은 회화와 입체가 결합된 작품이다. 비뱅은 캔버스에 물감으로 선을 긋다가 석고 반죽을 작품에 바른 다음 다시 선을 그어 입체적으로 표현했다. 비뱅이 건물의 선을 일일이 그린 것은 강박적 집착으로 보인다. 모마 홈페이지에 올라와 있는 〈팡테옹〉 그림이 흔들리는 듯 보이는 것은 석고의 두께가 그림자를 만든 것이 아닐까 추측해본다.

비뱅이 그린 푸른 색조의 팡테옹은 카르티에라탱에 위치한 성당과 묘지가 결합된 복합 건축물이다. 1789년 신고전주의 양식으로 완공된 팡테옹은 125년 세워진 로마 판테온을 모방했다. 비뱅의 그림 우측에 보이는 정면 파사드와 코린트식 기둥이 로마 판테온과 유사한데 용도 면에서도 성당과 묘지로 사용하는 점이 비슷하다. 파리 팡테옹은 루이 15세가 병이 쾌유된 후 감사의 마음을 담아 성당으로 지었던 것인데 세월이 흐르면서 위인들의 묘지로 용도가 바뀌었다. 이와 함께 성당의 창들은 벽돌로 막아버렸다. 로마 판테온이 로마의 대표 건축물인 것처럼 파리 팡테옹도 파리를 대표하는 랜드마크다. 지하 납골당에는 프랑스를 대표하는 자유사상가 볼테르(Voltaire, 1694~1778)와 장 자크 루소(Jean Jacques Rousseau, 1712~1778), 대문호 빅토르 위고(Victor Hugo, 1802~1885)와 에밀 졸라

(Emile Zola, 1840~1902), 과학자 마리 퀴리(Marie Curie, 1867~1934) 등의 위인이 잠들어 있다.

비뱅의 푸른 팡테옹은 묘지라는 엄숙한 이미지와 잘 어울린다. 비뱅은 위인들의 묘지인 팡테옹을 그리면서 자신이 죽은 후의 세상을 상상해보았을까? 모마와 테이트에 자신의 작품이 걸릴 것이라는 상상 말이다. 비뱅을 팡테옹에 묻힌 위인들과 비교할 수는 없지만 노후에 자신의 꿈을 펼치고 사후에 세계적 미술관에 그림을 걸었으니 미술계의 작은 위인이라고 불러도 되지 않을까?

PART 4

장소를 그리다 ──

비뱅, 파리의 아름다움과 사랑에 빠지다

1

몽마르트르에
눈이
내리면

─────────── 비뱅의 〈사크레쾨르 대성당〉은 평화로운 주
일, 사람들이 성당에 미사를 가는 장면을 담고 있다. 성당 앞에서는
신부님과 몇 명의 사람이 신도들을 맞이하고 있다. 그들은 미사를
통해 마음의 안식과 평화를 얻을 것이며 범사에 감사함을 기도할
것이다. 비뱅의 손끝에서 피어난 순색의 사크레쾨르 대성당은 보고
만 있어도 마음에 평화가 깃든다. 경건한 마음으로 성당을 향하는
사람들처럼 비뱅도 이 그림을 그릴 때 매우 엄숙하게 그렸던 것 같
다. 성당의 외벽에 정성을 다해 줄을 긋고 주변 건축물의 벽돌을 빈

루이 비뱅
사크레쾨르 대성당
Sacré-Coeur

루이 비뱅
몽마르트르, 눈 내린 테르트르 광장
Montmartre, La Place du Tertre Sous la Neige

틈없이 채우며 마치 성화를 그리듯 신심을 담았다.

몽마르트르 언덕에 있는 사크레쾨르 대성당은 우리에겐 관광 명소지만 프랑스 시민에게는 뜻깊은 유적지다. 1870년 프랑스가 프로이센과의 전쟁에서 패한 뒤 침체된 국민의 사기를 고양할 목적으로 건축된 곳이기 때문이다. 1876년 공사에 착수해 1914년 완공되었는데 마침 이 시기 비뱅은 몽마르트르에 살며 대성당의 역사를 누구보다 가까이서 지켜보았기에 성당에 남다른 감회와 애착이 있었던 듯하다. 비뱅이 가장 많이 그린 소재가 바로 사크레쾨르 대성당이었다는 사실이 충분한 설명이 되어줄 것이다.

우아하고 웅장한 사크레쾨르 대성당을 본 후 테르트르 광장으로 발걸음을 옮기면 몽마르트르의 숨은 백미인 골목길이 나온다. 아기자기한 상점과 옛 정취를 담은 카페를 구경하다 보면 금세 테르트르 광장에 도착하는데 이곳은 언제나 사람들로 붐빈다. 몇 년 전 내가 이곳에 갔을 때는 마침 함박눈이 펑펑 내렸는데 그 순간 마법에 걸린 것처럼 비뱅의 그림 〈몽마르트르, 눈 내린 테르트르 광장〉이 오버랩되었다. 창밖으로 펼쳐지는 눈의 향연에 가게 주인들은 살짝 당황하지만 나무에 핀 눈꽃과 하얀 모자를 쓴 지붕, 사람들의 미소에 마음이 금세 포근해진다.

루이 비뱅
겨울 운하
Canaux en Hiver

눈이 오면 누구나 동심으로 돌아가는 듯 비뱅의 그림 속 어른들은 아이처럼 즐거워하며 눈싸움을 한다. 하늘 높이 피어나는 굴뚝 연기는 어느 집의 추위를 달래는 장작 연기일 것이다. 겨울이 오면 땔감가게에서는 잘 말린 장작을 팔고 사람들은 장작과 조개탄으로 벽난로를 지피며 추운 겨울을 이겨낸다. 프랑스 건물은 굴뚝 수에 따라 방 개수를 알 수 있는데 굴뚝이 세 개면 방이 세 개란 뜻이다.

날씨를 종잡을 수 없는 파리는 하루에도 몇 번씩 사계절이 왔다 갔다 한다. 특히 우기인 겨울에는 비와 눈을 종종 만나게 된다. 비 없는 파리는 이상할 정도다. 하지만 우리나라와 달리 겨울 기온이 영하로 내려가지 않아 그렇게 춥지는 않고 눈이 오는 날이 드물어 어쩌다 하늘에서 눈이라도 오면 불편함보다는 동심이 앞서 그 순간을 즐긴다. 몽마르트르에 눈이 내리니 비뱅의 〈몽마르트르, 눈 내린 테르트르 광장〉처럼 길거리 화가들은 모두 다 사라지고 광장은 어느새 행복한 놀이터로 변한다. 복작복작한 광장도 좋지만 이런 로맨틱한 순백의 광장도 참 좋다.

2

대체 불가의
매력
오페라 가르니에

파리에서 가장 아름다운 건축물 중 하나인 오페라 가르니에(Opéra Garnier)는 서른다섯 살의 젊은 건축가 샤를 가르니에의 건축 공모전 우승작이다. 1875년 완공된 이 건축물은 르네상스 양식과 신바로크 양식 등으로 지어졌는데 화려한 내부는 베르사유궁전에 버금가고 외부에 보이는 파사드와 지붕의 황금빛 조각은 멀리서 봐도 눈이 부시다. 파리 시민들은 이 건물을 거대한 웨딩 케이크라고 부른다는데 공연을 보지 않더라도 방문할 가치가 충분한 프랑스 건축의 걸작이다.

루이 비뱅
오페라 가르니에
L'Opéra à Paris

루이 비뱅

카지노 비아리츠

Casino de Biarritz

비뱅도 오페라 가르니에의 화려함과 웅장함에 반했는지 그림으로 남겼다. 그런데 비뱅의 〈오페라 가르니에〉는 신기하게도 지붕이 주황색이다. 지금의 지붕은 녹청색인 데 반해 비뱅이 그림을 그린 1920년대의 지붕은 동판이 변색되지 않아 주황색이었던 것이다. 동판 지붕은 처음에는 주황빛이지만 점차 푸른색으로 변색하는 특징이 있다.

비뱅의 〈오페라 가르니에〉 그림에서 맨 하단 우측 두 번째 조각은 지금 모습 그대로다. 바로 장바티스트 카르포(Jean-Baptiste Carpeaux, 1827~1875)의 〈춤(La Danse)〉 조각상인데, 1869년 작품 설치 당시 선정성 논란으로 화제가 되었다. 양팔을 든 바커스 신을 중심에 두고 여섯 명의 나부가 춤을 추고 있는 형태로 시민들은 지나친 성적 유희라면서 조각상에 잉크를 뿌리며 혐오했다고 한다. 비난 여론이 너무 거세 결국 철거 명령이 떨어졌는데 때마침 1870년 프로이센 전쟁이 발발해 존폐 논쟁은 묻혀버렸다. 현재의 관점에서 보면 별문제가 없어 보이는데 논란 덕분에 더 명성을 얻었다. 마티스의 〈춤〉이 연상되기도 하는 이 조각의 원작은 오르세 미술관에 있다. 오페라 가르니에는 〈춤〉뿐 아니라 곳곳에 놓인 조각이 저마다의 이야기를 담고 있고 극장 내부에는 마르크 샤갈(Marc Chagall, 1887~1985)의 천장화 〈꿈의 꽃다발〉도 있어 작은 미술관처럼 느껴진다.

루이 비뱅
앵발리드
L'és Invalides

●

루이 비뱅
성
Le Chateau

파리가 아름다운 이유 중 하나는 1구부터 16구까지 달팽이 모양을 따라 유서 깊은 건축물이 세계 어느 도시보다 많이 이어지는 것이다. 비뱅의 그림으로 만나는 파리 건축물은 당시 모습 그대로 재현되어 있어 역사 속 한 페이지로 들어간 것처럼 현장감이 살아 있다.

사실 막상 파리에 가보면 발길에 개똥이 밟히고 언어도 통하지 않고 날씨는 변덕이 심해 여간 불편한 게 아니다. 하지만 그 모든 불편에도 불구하고 파리는 세상 어디에도 없는 대체 불가의 매력이 있는 도시다. 언제 보아도 아름다운 에펠탑이 늘 우리를 따라다니고 무심히 눈길을 준 작은 공간에도 낭만이 흐르며 일견 도도해 보이던 오페라 가르니에도 몇 번 마주치면 슬며시 곁을 내준다. 센강변 오르세 미술관에서 인상주의 화가들을 만나고 오렌지 온실이었던 오랑주리 미술관에서 모네의 〈수련〉 연작을 보면 눈물이 핑 돌며 가슴이 벅차오르는 놀라운 일도 벌어진다.

분주한 여행에서 잠시 여유를 갖고 로댕 미술관으로 발길을 옮기면 죽을 때까지 로댕을 잊지 못한 연인 카미유 클로델(Camille Claudel, 1864~1943)처럼 평생 파리를 그리워하게 될지도 모른다. 더구나 파리에서 단 3일, 길어야 일주일을 머무는 단기 여행자에게는 파리가 더 아쉽고 그립다.

젊은 시절 7년을 파리에 살았던 헤밍웨이는 평생 파리를 그리워하며 파리가 움직이는 축제처럼 자신을 따라다녔다고 했는데, 아주 짧게 머물다 온 사람들에게 파리는 한여름 밤의 꿈처럼 달콤하고 아련한 기억으로 남을 것 같다. 적어도 나에게는 그렇다.

3

파리의
영혼,
노트르담대성당

2019년 4월 15일, 세계 문화유산이자 파리의 영혼인 노트르담대성당이 엄청난 화마에 휩싸이는 긴박한 상황이 벌어졌다. 거센 불길은 첨탑과 지붕을 집어삼키고 힘없이 주저앉았는데 다행히도 기본 구조물과 정면은 무사히 살아남았다. 고딕 양식의 최고 걸작이자 850여 년의 역사를 담은 노트르담대성당은 파리 대교구 주교좌성당으로 오랜 기간 평화와 화해의 장소였으며 외국인이 가장 많이 찾는 관광 명소 1위로 손꼽히는 곳이다. 지리적으로는 파리 문명이 시작된 시테섬 중심에 자리하고 있고 성

루이 비뱅
노트르담대성당
Cathédrale de Notre-Dame

당 앞 도로 원표인 푸앵 제로(Point Zero, 파리에서 다른 도시 간의 거리를 측정하는 기준점) 또한 이곳이 파리의 중심임을 알려준다. 나도 푸앵 제로를 발로 꼭꼭 밟으며 파리에 다시 오기를 염원했었는데 한순간의 화마로 붕괴하는 모습을 보니 정말 안타까웠다.

화재 당시 세계적인 미술관을 비롯해 여러 매체가 노트르담대성당의 소실을 안타까워하며 유명 화가가 그린 노트르담대성당의 그림을 올리는 방식으로 슬픔을 공유했다. 자크루이 다비드(Jacques-Louis David, 1748~1825)의 〈나폴레옹 1세의 대관식〉, 마티스와 샤갈이 그린 〈노트르담대성당〉이 있었고 비뱅의 〈노트르담대성당〉도 보였다.

1805년에서 1807년에 걸쳐 그려진 다비드의 작품 〈나폴레옹 1세의 대관식〉은 1804년 나폴레옹 1세가 스스로 거행한 대관식의 기록화다. 작품의 엄청난 크기와 영웅적인 황제의 모습도 놀랍지만 대성당 내부가 상세히 그려져 있어 신성함과 위엄이 느껴진다. 이 작품은 루브르박물관과 베르사유궁전에서 볼 수 있다.

야수주의 화가 마티스가 그린 노트르담대성당은 자유분방한 색채가 춤을 추는 것 같고 색채의 마술사 샤갈이 그린 노트르담대성당은 꿈속의 한 장면처럼 환상적이다. 한편 비뱅이 그린 노트르담대성당은 아이가 그린 것처럼 천진하고 순수해 눈을 뗄 수가 없다.

비뱅이 그린 노트르담대성당은 마티스나 샤갈의 그림처럼 색채가 화사하진 않지만 회색 톤의 중후함이 성스러운 이미지와 잘 어울린다. 파리의 우체부로서 비뱅은 그 누구보다 노트르담대성당을 많이 지나다녔고 남다른 애정이 있었을 것이다. 화재로 인해 다시는 노트르담대성당의 옛 모습을 볼 수 없다고 생각하니 비뱅의 그림이 더 귀하게 다가온다.

2020년 화재가 일어난 지 1년 후 노트르담대성당 광장은 재개장을 했다. 다시 근거리에서 볼 수는 있게 되었지만 성당은 방호벽으로 막혀 있고 내부로는 들어갈 수 없다. 파리의 영혼인 노트르담대성당이 원래 모습을 되찾아 세계 모든 사람에게 평화와 안식을 주고 화가들의 화폭으로 다시 피어나길 기대해본다. 언젠가 파리에 가면 꼭대기 층에 올라가 가고일(Gargoyle, 괴물 석상)과 함께 파리를 굽어보려고 했는데, 가고일 조금만 기다려요!

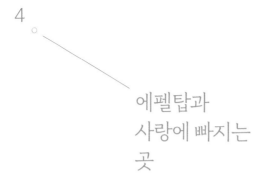

에펠탑과
사랑에 빠지는
곳

<hr />

프랑스의 상징이자 파리의 심장인 에펠탑
(Tour Eiffel)은 세상에서 가장 섹시한 건축물 아닐까? 어디에서 보아
도 우아하고 아름답다. 1889년 프랑스대혁명 100주년을 기념하기
위해 파리 만국박람회 정문으로 세워진 에펠탑은 건축가 귀스타브
에펠(Gustave Eiffel, 1832~1923)의 야심작이었다. 정부 공모에서 당선
된 에펠은 정부 예산으로는 공사비가 부족하자 자신의 사비를 들여
에펠탑을 건축하면서 조건을 붙였다. 첫째, 철탑에 자신의 이름을
붙일 것. 둘째, 20년간 에펠탑에서 생기는 수익금을 자신의 회사에

루이 비뱅
파리, 몽마르트르 사크레쾨르 대성당
Paris, Basilique du Sacré-Coeur de Montmartre
1930
디에나 비에니 갤러리, 파리

줄 것이었다. 정부는 에펠의 조건을 승낙했고 에펠은 입장료만으로도 모든 비용을 회수하고도 남았다. 원래 에펠탑은 20년만 설치했다가 철거될 예정이었지만 그대로 남아 무전탑으로 이용되었다. 지금은 에펠탑이 없는 파리는 상상할 수가 없고 관광객들이 에펠탑을 보기 위해 파리에 간다고 할 만큼 관광 수입의 일등 공신이다.

관광객은 물론 파리 시민들도 에펠탑을 보고 사랑에 빠지기는 마찬가지라고 하는데 그럼 파리에서 에펠탑이 가장 멋지게 보이는 장소는 어디일까?

첫 번째는 바로 비뱅이 그린 몽마르트르 사크레쾨르 대성당 앞이다. 몽마르트르 언덕은 해발고도 129미터로 파리에서 지대가 가장 높아 파리 전망이 시원하게 보인다. 낮은 건물 사이로 솟아난 에펠탑의 모습은 가히 예술이다. 파리시는 건축물 높이를 제한하기 때문에 스카이라인이 낮아 에펠탑이 더욱 돋보인다. 비뱅이 오후 산책을 하며 늘 머물던 장소가 바로 에펠탑이 가장 아름답게 보이는 이곳이었다.

두 번째는 센강을 사이에 두고 에펠탑과 마주하고 있는 샤요궁 (Palais de Chaillot) 광장이다. 가수 싸이가 〈강남 스타일〉을 부른 장소로도 유명한데 324미터의 에펠탑이 한눈에 들어오고 에펠탑을 정면으로 담아 올 수 있는 곳이다. 샤요궁 앞에서 인증 사진을 찍고

트로카데로 정원(Des Jardins du Trocadéro)으로 내려가 스냅 사진을 찍으면 '인생 사진'을 건질 수 있다.

세 번째로 샹 드 마르스(Champ de Mars) 공원은 에펠탑에서 육군 사관학교까지 이어진 공원으로 에펠탑이 세워진 1889년 파리 만국 박람회가 열린 장소이기도 하다. 에펠탑 바로 아래 푸른 잔디에 앉아 향긋한 와인을 한 모금 머금고 겉은 바삭하고 속은 촉촉한 바게트를 베어 물면 고급 레스토랑에서 만찬을 즐기는 여행자가 부럽지 않다.

네 번째는 영화 〈미드나잇 인 파리(Midnight In Paris)〉(2011) 인트로 장면에 등장하기도 했던 16구역의 카모엥시 거리(Avenue de Camoens)다. 아름다운 석조 계단을 따라 올라가면 아파트 사이로 웅장한 에펠탑이 훅 눈에 들어온다. 관광지에서 벗어난 주거지역에서 보는 에펠탑은 색다른 매력을 준다. 에펠탑의 새로운 발견이라고나 할까?

다섯 번째는 팔레 드 도쿄(Palais de Tokyo) 전시관 광장이다. 팔레 드 도쿄는 2001년 새 단장을 한 현대미술관으로 전시 외에도 음악회, 강연회, 패션쇼 등 다양한 행사가 열려 젊은 아티스트들이 자주 모이는 곳이다. 이곳에서 전시를 본 후 에펠탑을 바라보며 노천 카페에서 커피 한 잔의 호사를 누려보자. 휴관일인 화요일을 제외하면 밤 12시까지 미술관을 열고 있으니 반짝이는 에펠탑이 보고 싶다면 추천한다.

사실 에펠탑만큼 사진발이 잘 받는 건축물도 없다. 어느 장소에서, 어느 각도에서 찍어도 잘 나올 테지만 우리는 1분 1초가 아쉬운 여행자이니 위에서 소개한 베스트 장소 두어 곳만 찾아가도 파리 여행이 훨씬 즐거워질 것이다.

5

루브르박물관
보다
오르세 미술관

해외에서 미술관 방문은 필수지만 솔직히 미술관 관람은 고난도 일정이어서 마음을 단단히 먹고 출발해야 한다. 일단 표를 끊고 들어가면 직진 본능에 따라 발은 바쁘게 움직이고 눈과 머리는 쉴 수가 없으니 여간 피곤한 게 아니다. 책에서 본 유물과 명화를 실물로 영접하는 것이 무척 반갑긴 한데 현장학습 같은 딱딱한 느낌에 곧 지치고 만다. 몸은 미술관 안에 있지만 마음은 벌써 미술관 밖으로 달아나 있다. 혹시 이런 경험이 있는 사람이라면 파리에서는 루브르박물관보다 오르세 미술관에 가야 한다. 물론 프랑스의 국보이자 세계 최대 박물관인 루브르를 건너뛰면 안 된다. 루브르에서 3대 걸작 〈모나리자〉, 〈밀로의 비너스〉, 〈사모트라케의 니케〉를 포함해 대표작 몇 점을 보고 나온 다음 이오 밍 페이(Ieoh Ming Pei, 1917~2019)의 유리 피라미드 앞에서 인증 사진을 찍었다면 나를 위한 진정한 관람을 위해 오르세 미술관으로 발길을 돌려보는 것이 어떨까?

1986년 개관한 오르세 미술관은 인상주의의 천국이라고도 부른다. 1848~1914년 사이 사실주의와 인상주의 작품이 주요 소장품이다. 오르세 미술관에 작품을 건 화가는 장 오귀스트 도미니크 앵그르(Jean Auguste Dominique Ingres, 1780~1867), 밀레, 쿠르베, 마네, 모네, 르누아르, 드가, 반 고흐 등으로 이름도 매우 친숙하고 작품도 그리 어렵지 않다. 고루하거나 아방가르드(전위미술, 기존의 예술 관념이나 형식을 부정하고 혁신적 예술을 주장한 예술운동)하지 않아 지친 여행객의 취향을 저격한다. 미술사에 빠지지 않고 등장하는 주옥같은 작품들을 설레는 마음으로 감상한 뒤 5층 시계탑 앞 카페에 앉아 잠시 숨을 고른다.

한편 비뱅도 오르세를 좋아했는지 1920년대 〈파리 센강변 오르세〉를 그렸다. 파란 하늘과 센강이 푸름을 더하고 위용 있는 오르세 앞에서 낚시하는 남자들의 모습이 참 재미있다. 센강에 떠 있는

루이 비뱅
파리 센강변 오르세
Paris Seine et Quai d'Orsay

유람선과 오르세의 대형 시계는 지금의 모습과 별반 다르지 않은데 차이가 있다면 당시 오르세는 미술관이 아니라 기차역이었다는 점이다. 다시 말해 비뱅은 오르세 기차역을 그린 것이다. 오를레앙 철도회사는 1900년 만국박람회를 맞이해 늘어나는 수요를 감당하기 위해서 오르세역과 호텔을 지었다. 1939년 철도 수요가 급감하며 기차역이 폐쇄되기 전까지 오르세역은 화려하고 고급스러운 근대식 건축물로 유명했다. 파리의 우체부로 근무한 비뱅이 시외우편 배달을 위해 오르세역을 자주 이용했는지 혹은 오르세역을 그리며 행복한 여행을 상상했는지는 알 수 없으나 기차역은 누구에게나 추억의 장소일 것이다.

1800년대 중후반 본격적인 철도 시대가 열리면서 기차는 시민들을 먼 곳으로 이동할 수 있게 해주었다. 인상주의 화가들 또한 쉽게 야외로 나가 다양한 풍경들을 화폭에 담을 수 있게 되었다. 기차는 마네, 모네, 피사로, 반 고흐 등 화가들의 단골 소재가 되었고, 인상주의를 탄생시킨 중요한 동력이라고 할 수 있다. 시대의 변화에 따라 오르세역은 미술관으로 재탄생하게 되었는데 그러고 보면 여러 가지 면에서 오르세역은 인상주의 미술과 인연이 깊다고 하겠다.

미술관은 기차역 내부와 골격 그리고 세 개의 시계를 그대로 간직하고 있어 과거와 현재를 잘 이어준다. 과거에는 시계가 귀해 건물을 지을 때 대형 시계를 설치했다고 한다. 휴대폰으로 시간을 확인하는 요즘과 비교하면 격세지감이 느껴진다.

지금도 오르세에는 인상주의 작품을 사랑하는 전 세계인의 발길이 끊이지 않고 있다. 마음만 먹으면 언제든지 오르세를 볼 수 있는 파리 시민들은 우리가 오르세를 보기 위해 얼마나 많은 공을 들였는지 알까? 시계마저 예술이 되는 오르세 미술관, 널 어떻게 사랑하지 않을 수 있을까!

6

프랑스
왕궁 정원에서
파리지앵의
여유를

_____ 루브르박물관 북쪽에 있는 왕궁 정원(Jardin

du Palais Royal)은 파리지앵의 조용한 쉼터이자 파리의 숨은 명소다.

1640년대 루이 14세가 베르사유궁전으로 이전하기 전 실제로 살았

던 이 왕궁과 정원은 18세기에 이르러 시민에게 공개되었다. 왕궁

은 정부 관저 건물(국사원, 헌법위원회, 문화부), 식당, 카페, 부티크, 화랑,

국립극장 등 다양한 용도로 사용되고 있고 정원은 시민들에게 휴식

처를 제공하며 안마당에는 뜻밖에도 현대미술 작품이 있어 볼거리

까지 풍부하다.

●
루이 비뱅,
화가가 된
파리의 우체부

프랑스 정원은 권위적인 대칭축과 엄격한 기하학 아래 설계되었는데 이는 자연보다 우월한 인간의 정신과 자연에 대한 인간의 지배력을 표출하는 것이다. 베르사유 정원을 비롯해 파리 시내의 정원에서 쉽게 만날 수 있는 형태로 왕궁 정원 역시 그 원형을 고스란히 담고 있다.

비뱅이 그린 〈왕궁 정원〉을 보면 좌우 가로수가 축을 이루고 회색 건물이 정원을 감싸고 있다. 둥근 분수와 고전주의 조각을 중앙에 두고 꽃과 나무가 사각형으로 빙 둘러진 전형적인 기하학 형태의 프랑스 정원이다. 가로수까지도 네모 모양으로 다듬어져 있다.

그런데 프랑스 정원은 이탈리아에서 유래되었다고 한다. 이탈리아 정원은 경사에 계단을 만들어 기하학적 형태를 살리고 그리스, 로마 스타일의 조각이나 분수를 함께 구성하는 것이 특징이다. 이것이 프랑스로 건너오면서 평면기하학적인 스타일의 대형 정원으로 발전했다.

비뱅의 그림 속 분수와 고전주의 조각은 지금도 그 모습 그대로이며 가로수와 푸른 잔디는 여전히 사람들의 안식처가 되고 있다. 굴렁쇠를 굴리는 아이와 엄마, 산책하는 신사 등 모두 여유로운 일상의 모습이다. 다만 양쪽에 자리한 녹색 지붕의 가게가 세월의 변화를 느끼게 해준다. 지금은 회랑의 고급스러운 상점들이 손님을

루이 비뱅
왕궁 정원
Le Jardin du Palais-Royal

맞이하고 있으니 말이다. 나무 사이에 놓인 의자는 그림으로 들어가 앉고 싶을 만큼 친근하고 사랑스럽다.

비교적 조용했던 왕궁 정원은 최근 정원 안마당에 놓인 흑백 대리석 기둥이 SNS를 통해 핫플레이스로 떠오르면서 사진이 잘 나오는 장소로 유명해졌다. 1986년 미니멀 아트의 대가 다니엘 뷔랑(Daniel Buren, 1938~)은 흑백 줄무늬 대리석인 뷔랑의 기둥(Les Colonnes de Buren) 260개를 설치하고 〈두 개의 고원〉이란 제목을 붙였는데 덕분에 17세기와 20세기가 한 공간에 어우러져 새로운 트렌드를 만들었다. 더구나 이곳은 아무 제약 없이 누구나 즐길 수 있는 곳으로 대리석 작품에 앉아서 책을 읽는 사람들, 대리석 위에 올라가 한껏 포즈를 취하는 사람들, 또 그 모습을 보고 웃는 사람들 등이 어우러져 자유롭게 예술을 즐기는 장면이 낯설면서도 부러움을 자아낸다.

왕궁 정원은 루브르박물관에서 멀지 않아 잠깐 들르기 좋다. 왕궁 정원에서 에너지를 충전한 후 뷔랑의 대리석에 올라가 사진도 찍고 긴 회랑을 걸으며 파리지앵의 여유도 누려보자. 비뱅의 그림처럼 이곳은 세상의 분주함을 잊은 듯한 평화로움을 선사할 것이다.

7

파리의
모든
개선문

_____ 비뱅의 그림을 보던 중 처음 보는 개선문
을 발견했다. 갈색 톤으로 그린 제목은 〈생드니 문〉이었다. 호기심
이 일어 찾아본 끝에 루이 14세가 세운 개선문이라는 사실을 알아
냈다. 파리의 개선문이라고 하면 거대한 에투알 개선문(Arc de Tri-
omphe de l'Étoile)을 말하지만 사실 그 외에도 크고 작은 개선문이 여
러 개 더 있다. 지금부터 하나씩 찾아가볼까?

첫 번째 개선문은 샹젤리제 거리 서쪽 끝에 세워진 에투알 개선
문이다. 에투알은 별이란 뜻인데 처음 개선문을 만들 때 개선문을

루이 비뱅
생드니 문
Porte Saint-Denis

중심으로 뻗은 도로 다섯 개가 별 모양을 닮았다고 해서 생긴 이름이다. 나폴레옹 1세의 승전 기념비로 1806년 착공해 1836년 완공했지만 정작 나폴레옹은 완공을 보지 못했고 그의 유해만 아치를 지나갔다. 고대 로마 티투스 개선문(Arch of Titus)에서 영감을 얻어 중앙에 큰 아치가 있는 신고전주의 양식이다. 내부 계단을 올라가면 전망대가 나오는데 파리 시내를 360도 파노라마처럼 내려다볼 수 있다. 낮에 보는 전망도 좋지만 특히 야경이 아름다운 곳이다.

두 번째 개선문은 루브르박물관과 튈르리 정원 사이에 있는 카루젤 개선문(Arc de Triomphe du Carrousel)이다. 이 개선문 역시 나폴레옹 1세가 전승을 기념해 1806~1808년에 지었다. 튈르리 궁전의 문으로 지어졌으나 궁전이 불타 없어지면서 지금은 문만 남았다. 로마 콘스탄티누스 개선문을 모델로 한 것으로 중앙의 큰 아치와 양쪽의 작은 아치가 특징이다. 높이 14.6미터, 길이 19.5미터로 규모는 크지 않지만 나폴레옹의 권력과 야망을 표현했으며 꼭대기의 청동 마차와 분홍빛의 코린트식 기둥, 벽에 새겨진 부조는 웅장하면서도 우아하다. 노을 지는 하늘을 배경으로 에투알 개선문과 함께 사진을 찍으면 예술 작품이 된다.

세 번째 개선문은 최근 라데팡스 지역에 세워진 '라데팡스 개선문(La Grande Arche de la Défense)'으로 명칭은 그랑 아치다. 1989년

프랑스대혁명 200주년을 기념하기 위해 세워졌는데 개선문의 의미
보다는 설계가 개선문과 비슷해 신개선문으로 불린다. 건물 각 층
은 전시장, 회의장, 사무실로 쓰이며 아치 아래에서는 항상 많은 사
람이 휴식을 취하고 있다. 카루젤 개선문, 에투알 개선문, 그랑 아치
는 일직선상에 있어 함께 보면 매우 흥미롭다.

마지막으로 위의 개선문들에 비해 잘 알려지지 않은, 루이 14세
가 지은 생드니 문(Porte Saint-Denis)과 생마르탱 문(Porte Saint-Martin)
이 있다. 루이 14세는 네 개의 개선문을 세웠는데 파리가 확장되
는 과정에서 두 개는 부서졌고 현재 두 개가 남아 있다. 생드니 문
은 1672년 승전 기념으로 세운 것으로 연도상 파리에서 가장 오래
된 개선문이다. 모양은 중앙에 큰 아치 하나가 있는 티투스 개선문
을 참고해 만들었다. 생마르탱 문은 1674년에 지어졌는데 콘스탄
틴 개선문을 참고해 중앙에 큰 아치와 양쪽에 작은 아치가 있다.

비뱅이 그린 갈색 개선문인 생드니 문은 에투알과 카루젤 개선
문에 비하면 크기도 작고 소탈하지만 나름 웅장한 개선문을 배경으
로 도시를 산책하는 파리 시민과 자동차 행렬이 무척 아기자기하게
그려져 있다. 비뱅의 그림처럼 지금도 파리에서는 중후한 건축물
사이로 멋쟁이 파리지앵이 바쁘게 오가겠지. 파리에는 개선문도 무
려 다섯 개나 있으니 여행자의 발걸음은 쉴 틈이 없다.

마치며

꿈은 행복이다

열심히 달려온 인생길에서 잠시 속도를 늦추면 가슴속에 묻어두었던 작은 소리가 들리기 시작한다. 아픈 청춘을 보냈거나 어쩌다 꿈을 놓친 사람들은 그 마음의 소리가 더 크게 다가온다. 어느 날 내게도 그 소리가 조금씩 들리면서 꿈에 관한 생각이 깊어질 무렵 파리의 우체부 화가 비뱅을 만나게 되었다.

내가 비뱅을 알게 된 것은 모마에서 루소의 그림을 본 후였다. 소박파 화가인 루소의 신비하고 순진무구한 그림은 단숨에 나를 사로잡았다. 그 후 나의 기억 저장고에는 소박파 화가들이 하나둘 담겼고 마침내 비뱅에게까지 이르게 되었다. 비뱅의 아이처럼 천진한 그림은 나의 뇌리를 떠나지 않았고 점점 그의 작품 세계가 궁금해져 작품을 찾아보다 보니 어느새 흠뻑 빠져들게 되었다. 놀랍게도 그의 그림 대부분은 비뱅 나이 60대 이후에 그려진 것이었다. 어떤 영혼의 소유자이기에 노년에도 이렇게 해맑고 순수한 그림을 그렸을까? 내 탐구 정신은 꼬리에 꼬리를 물고 이어졌고 결국 책까지 쓰게 되었다.

비뱅의 그림에는 사람의 마음을 움직이는 힘이 있었다. 주류층의 화풍은 아니었지만 그림을 보는 사람이 저마다 갖고 있는 소중한 기억들을 떠오르게 했다. 나는 그의 순수한 그림에서 오랫동안 잊고 있었던 내 마음속 아이와 만나며 신기하게도 가슴에 용기의 불씨가 조금씩 일어나는 느낌을 받았다. 평생 우체부로 산 비뱅이 전업 화가가 된 것이 그가 퇴직한 후란 사실은 내 가슴을 더 뛰게 만들었다.

이 책의 원고를 쓰기 위해 비뱅과 만나며 매 순간 많은 위로를 받았다. 젊은 시절의 꿈과 멀어졌던 나는 정말 좋아하는 일이라면 때는 상관없다는 사실을 비뱅을 통해 새삼 깨달았다. 아울러 진정성과 꾸준함이 타고난 재능보다 더 큰 동력이란 사실도 알게 되었다. 만약 비뱅이 남의 시선이나 평가에 신경 쓰느라 그림을 그리지 않았다면 그의 그림은 세상에 나오지 않았을 것이다. 비뱅에게 그림이란 삶의 동기였지 목표가 아니었다. 즉, 그림이라는 목표를 향해 달린 것이 아니라 그림이 곧 삶의 과정이었던 것이다. 비뱅은 그 과정에서 행복을 찾았고 마침내 꿈을 이루었다.

비뱅의 자유롭고 순진한 그림은 독창성을 인정받아 모마와 테이트 등에 소장되었고 비뱅은 소박파 화가로 영원히 그 이름을 남기게 되었다. 소박파는 미술의 유파가 아니다. 홀로 그림을 그리는 비주류 화가들의 작품을 일컬을 뿐이다. 하지만 오늘날 홀로 그림을 그리지 않는 사람이 어디 있을까? 비뱅이 순수한 독창성을 유지할 수 있었던 것은 어쩌면 그의 약점이라고 생각할 수도 있는 독학에서 나온 힘이었다. 때론 약점이 강점이 될 수도 있는 것이다.

대부분의 사람들은 어린 시절에는 꿈을 이야기하며 자란다. 하지만 누구나가 그 꿈을 이루는 것은 아니다. 그런 우리에게 비뱅은 자신의 그림과 인생을 통해 중요한 것은 결과가 아닌 과정이라는 사실을 다시금 알려준다. 그러니 지금 당장 여건이 안 된다거나 부족하다고 해서 섣불리 낙담하거나 포기하지 않았으면 좋겠다. 꿈을 꾸는 것 자체가 행복인 삶, 그것이 비뱅이 우리에게 알려주는 인생의 비밀이다. 또 꾸준함은 언젠가 재능을 이긴다는 사실도 말이다.

언젠가 우리나라에서도 소박파 전시가 개최되어 비뱅의 작품을 직접 볼 날이 오기를 기대해본다. 그럼 가장 먼저 전시장으로 달려가서 환한 목소리로 이렇게 인사를 할 것이다.

'봉주르, 비뱅. 당신은 행복한 화가!'

빌헬름 우데와 소박파 화가들

소박파란?

소박파(Naive Art)는 정규 미술교육을 받지 않고 독학으로 늦은 나이에 미술에 입문해 사실적이고 고전적인 구상을 그리는 양식을 말한다. 소박파 화가들은 어떤 양식에도 구애받지 않고 느낌대로 진지하고 소박하게 그림을 그린다. 전통적인 미술 기법이나 유파에 상관없이 그림을 그리기 때문에 아마추어 화가, 아웃사이더 화가, 일요화가라고 부르기도 한다. 미술사의 주류 유파는 아니지만 소박하고 정겨운 그림으로 대중의 공감을 받는다.

빌헬름 우데는 독일에서 출생해 파리에서 활동한 미술사학자, 미술 평론가, 화상이다. 뮌헨과 피렌체에서 법률과 미술사를 배운 뒤 1903년 이후 파리에 거주하며 피카소의 청색 시대 작품과 브라크의 입체주의 작품을 구입해 베를린과 뉴욕에 입체파를 확산시켰다. 루소의 논문을 쓰고 개인전을 열어주었으며 점차 소박파 화가들을 발굴하기 시작했다. 우데가 발굴한 화가는 루소, 비뱅, 세라핀, 보샹, 봉부아 등으로 우데는 이들의 전시를 주최하고 홍보했다.

**독일인 화상이자 미술 평론가인
빌헬름 우데의 모습
1915**

우데는 1938년 출판한 《비스마르크에서 피카소로(Von Bismarck Bis Picasso)》로 인해 반사회제국주의자로 낙인찍혀 제2차세계대전 시기 프랑스 남부 지방으로 피신했고 파리에 있는 그의 아파트와 소장품들은 게슈타포에 의해 약탈당했다. 그 뒤 소장품은 압류되어 경매에서 매각되었다. 1947년 우데는 《다섯 명의 원시주의 거장들》을 완성한 후 파리에서 사망했다. 우데가 발굴한 소박파는 미술사의 유파는 아니지만 꾸준히 미술애호가들의 사랑을 받으며 세계 미술관에서 전시되고 있다.

1844년 프랑스 마옌(Mayenne)주 라발(Laval)에서 가난한 배관공의 아들로 태어났다. 고등학교 중퇴 후 지원병으로 군 복무를 하던 중 아버지가 사망하면서 가장이 되어 24세에 가족과 파리로 이주했다. 세관의 통행료를 징수하는 말단 직원으로 일하며 일요화가로 그림을 그리기 시작했다. 1884년 40세에 루브르박물관 모사증을 받아 진지하게 그림을 그리며 실력을 향상했다. 1893년 49세에 22년간의 세관원 생활을 청산하고 전업 화가가 되었는데 연금만으로는 살 수가 없어 학생들을 가르쳤다. 1885년부터 사망하던 해인 1910년까지 거의 매년 독립미술가협회전과 살롱 도톤(Salon d'Automne, 가을마다 개최되는 프랑스의 미술 단체 전시)에 작품을 발표했으며 180여 점의 작품을 남겼다.

전문적인 미술교육 없이 어색한 인체 비례, 환상과 사실을 교차한 독특한 조합, 원시적인 이미지로 그린 그림들은 초기에는 조롱과 비난을 받았지만 후기에는 오히려 때묻지 않은 신선함과 반문명의 상징으로 높은 평가를 받았다. 현대미술의 거장 피카소, 시인 아

앙리 루소
나, 초상–풍경
Myself, Portrait-Landscape
1890

폴리네르, 화가 로베르 들로네(Robert Delaunay, 1885~1941), 페르낭 레제(Fernand Léger, 1881~1955) 등에게 큰 영향을 미쳤으며 입체주의, 초현실주의 태동에도 영감을 주었다.

루소는 신비하고 원초적인 화가로 주목을 받으며 이름을 떨칠 즈음 안타깝게도 66세 나이로 생을 마감했다. 우데는 루소가 사망하기 2년 전 개인전을 열어주고 그 후 논문도 발표했으나 루소에 대한 진정한 평가는 사후에 이루어졌다. 사망 후 1910년 뉴욕 291 화랑에서 개인전이 열렸고 1911년 독립미술가협회전에는 루소의 작품이 총 50점 출품되어 회고전이 되었다. 또 1924년 작가들은 초현실주의 선언을 발표하며 루소를 초현실주의의 아버지라고 칭송했다.

오늘날 루소는 현대 원시적 예술의 아버지라 불리며 인기가 날이 갈수록 높아져 세계 현대미술관에서 중요한 자리를 차지하고 있다. 2005~2006년에는 파리, 런던, 워싱턴에서 회고전이 순회 전시되었다. 대표작으로 〈잠자는 집시 여인〉(1897), 〈꿈〉(1910), 〈뱀을 부리는 여인〉(1907), 〈나, 초상–풍경〉(1890) 등이 있다.

1861년 프랑스 보주(Vosges)주 에피날 아돌에서 태어났다. 어릴 적부터 미술에 소질이 많아 한때 에피날 중등학교에서 미술 공부를 했으나 집안 사정으로 포기했다. 고등학교 졸업 후 교사였던 부친의 권유에 따라 프랑스 우체국에 취업해 파리로 이주했다. 처음에는 몽파르나스에 살다가 1889년 이후 47년간 몽마르트르에서 살았다. 우체국 재임 기간 중인 1889년 처음으로 우체국 직원 작품 전시회에 출품했고 이동 근무를 많이 한 경험을 바탕으로 '프랑스 우편 지도 시리즈'를 그려 교육공로훈장도 수여했다. 42년간 우체국 배달부, 서기장, 부서장, 감독관을 지낸 후 61세에 퇴직하고 어릴 적 꿈이었던 그림을 본격적으로 그려나가기 시작했다.

비뱅은 전문적인 교육을 받은 적이 없었고 루브르박물관과 뤽상부르미술관을 다니며 스스로 독학했는데 유행하는 화풍을 따라가지 않고 매우 독특한 서정성이 가득한 그림을 그렸다. 우체부였던 덕분에 수집이 쉬웠던 엽서에서 영감을 받아 파리의 역사적인 건축물, 몽마르트르 풍경, 센강의 부두 등을 그렸다. 비뱅의 그림은 파리

루이 비뱅
영국식 사냥
La Chasse à l'Anglaise

의 일상과 외로움을 담고 있으며 슬픈 정서를 드러낸다.

　1922년 몽마르트르 가두 전시회에서 미술 평론가 우데의 관심을 끌며 발탁되었다. 1925년 우데의 주최로 파리의 갤러리에서 개인전을 열었다. 1928년과 1932년 우데가 주체한 소박파 단체전을 통해 명성을 쌓아가던 중 1934년 뇌졸중으로 한쪽 팔이 마비되고 2년 뒤 두 번째 뇌졸중으로 생을 마감했다.

　활동 기간은 은퇴 후 1923년부터 1934년까지 10년 남짓, 생전에 크게 이름을 알리지는 못했지만 사망 1년 후인 1937년 〈유명한 사실주의 대가들〉전 순회전과 1938년부터 1976년까지 12회에 걸친 모마의 기획전에 초대되며 점차 이름을 알렸다. 소박파의 대표 화가 중 한 명으로 모마, 테이트 등에 작품이 소장되어 있으며 대표작으로 〈웨딩〉(1925), 〈사크레쾨르 대성당〉(1930) 등이 있다.

1864년 프랑스 클레르몽 드 우아즈(Clermont de l'Oise)의 하층민 가정에서 출생했다. 어릴 때 부모가 모두 사망해 고아가 되었고 소녀 시절을 양치기와 하녀로 지내다 1881년부터 20년 정도 클레르몽(Clermont)의 수녀원에서 잡부로 일했다. 1900년 파리 북동쪽 상리스에서 중류층 가정의 가정부로 고용되었으나 독립적인 생활을 위해 집을 나와 허드렛일을 하며 골방에서 그림을 그렸다. 그림을 배운 적이 없는 세라핀은 상리스 성당의 스테인드글라스에서 영감을 받았고 스승은 자연이었다. 그녀는 그림을 신이 주신 소명이라고 생각했다.

1912년 상리스로 휴양을 간 우데는 우연히 세라핀의 정물화를 보았고 그 그림을 그린 세라핀의 환경과 신분을 알고는 더욱 감동했다. 세라핀은 고된 노동을 하면서도 그림에 모든 것을 쏟았으며 주변의 질시와 조롱에도 꿋꿋이 붓을 잡았다. 그녀의 작품에는 살아 있는 듯 강렬하고 뜨거운 열정이 담겨 있었다. 세라핀의 격정적인 꽃은 그녀의 타오르는 집념이며 자유로운 영혼의 표현으로 평가받는다.

세라핀 루이
꽃다발
Bouquet de Fleurs

우데는 제1차세계대전이 발발하면서 상리스를 떠났다가 1927년
다시 돌아와 세라핀과 파리 전시를 약속했는데 유럽에 경제공황이
닥치면서 약속을 지킬 수 없게 되었다. 우데를 기다리다 지친 세라
핀은 결국 정신병 증세를 일으켜 강제로 병원에 감금당했고 쓸쓸히
생을 마감한다. 사후 우데의 주최로 소박파 그룹전에 참여했으며
대표작으로 〈포도송이〉(1930), 〈생명의 나무〉(1928) 등이 있다.

앙드래 보샹
Andre Bauchant
1873~1958

1873년 프랑스 앵드르에루아르(Indre-et-Loire)주 샤토르노(Château-
Renault)에서 출생했다. 부친은 원예사였고 보샹도 17세 이후 원예
사로 일하며 종묘상을 운영했다. 1914년 제1차세계대전에 참전해
군사토지 측량기사로 근무했다. 보샹은 1900년 만국박람회에서 구
입한 역사와 신화 교과서, 삽화가 있는 인쇄물을 비롯해 원예 카탈
로그에서 영감을 받아 풍경화, 초상화, 꽃다발 등을 그렸으며 종교
적이거나 신화적인 그림도 그렸다.

본격적으로 화필을 잡은 것은 45세 이후인데 정신병 환자인 아
내를 간호하기 위해 전원생활에 들어갔기 때문이다. 1921년 살롱
도톤에 작품을 출품했고 1927년 러시아 미술 평론가 디아길레프의
의뢰로 〈뮤즈를 인도하는 아폴로〉의 무대장치를 제작했다.

보샹이 자주 그린 주제는 꽃 정물화와 인물이 있는 풍경, 역
사, 종교, 신화적 그림이었는데 밑그림 없이 흰 캔버스 위에다 직
접 꽃들을 그렸다. 1937년 파리, 취리히, 런던 순회전을 했으며
1938~1939년 모마를 비롯해 미국 여덟 개 미술관에서 순회전을

앙드레 보샹
디나를 위한 꽃다발
Bouquet pour Dina
1957

했다. 1949년 파리 샤르팡티에 갤러리(Galerie Charpentier)에서 215점의 작품으로 대회고전을 했다. 보샹은 루소 이후 가장 중요한 소박파 화가로 손꼽히며 모마, 테이트에 작품이 소장되어 있다. 대표작은 〈자화상〉(1938), 〈알렉산더 대왕의 장례 행렬〉(1940) 등이다.

1883년 프랑스 동부 코트도르(Côte-d'Or)주 베나레이레로프 (Venarey-les-Laumes)에서 뱃사공의 아들로 태어났다. 유년 시절 배를 타고 놀았으며 학교도 거의 다니지 않고 배 위에서 물에 비친 반영과 자연을 벗 삼아 지냈다. 16세부터 농가에서 일하며 틈틈이 전원 풍경과 시골의 풍속을 그렸다. 후에 파리로 이주해 지하철 청소부, 공사판 막노동, 인쇄공, 레슬링 선수, 서커스 단원 등 갖가지 직업을 전전했으나 한시도 붓을 놓은 적은 없었다. 1922년 몽마르트르 가두 전시회에서 작품을 팔다 미술 평론가 우데의 눈에 띄게 되었고 1924년 40대 이후부터 본격적으로 그림을 그렸다. 봉부아는 풍경화, 정물화, 인물화 등을 그렸는데 독특한 구도와 화려하고 강렬한 색채가 원시적인 생동감을 주며 보는 사람의 마음을 흔들었다. 특히 클로즈업한 인물과 초현실적인 배경이 매우 독창적이며 서정적인 풍경화 또한 아름답고 평온하다.

　봉부아는 다른 소박파 화가들과 달리 인물 표현에 중점을 두었다. 서커스단의 공연, 무희, 광대, 쇼맨, 차력사, 레슬링 선수와 농부

카미유 봉부아
경기자
The Athlete
1930

등을 그렸으며 서커스단의 일상, 전원 풍경, 소풍하는 모습 등 주변에서 소재를 찾았다. 관능적인 누드화도 많이 그렸다. 봉부아 역시 우데에게 발굴되었고 소박파 그룹전을 통해 이름을 알렸다. 1938년부터 1954년까지 모마 그룹전에 수차례 초대되었으며 1944년 개인전을 했다. 대표작 〈링에 들어가기 전〉(1930~1935)은 모마에 소장되었으며 그 외 〈서커스 쇼맨〉(1930), 〈어린 소녀의 인형〉(1925), 〈목욕 준비〉(1930) 등의 작품이 있다.

루이 비뱅 연보

1861년 **7월 27일**	프랑스 보주주 에피날 아돌에서 출생.
1870년 중반	에피날 중등학교에서 미술을 공부했으나 재정적인 이유로 포기.
1880년경	파리 중앙 우체국 취업, 아내와 몽파르나스 거주.
1882년	첫 아이 탄생.
1889년	작품 〈핑크 플라밍고(The Pink Flamingo)〉로 우체국 아트 클럽에서 전시. 빌헬름 우데가 구입해 35년간 소장.
1889년	몽파르나스에서 몽마르트르로 이사.
1922년	우체국 배달부, 서기장, 부서장, 감독관 역임 후 정년 퇴임. 재임 기간 '프랑스 우편 지도 시리즈'로 교육공로훈장 수여.
1922년	몽마르트르 가두 전시회 참가. 이 전시에서 우데와 수집가의 관심을 받음.

1923년	퇴직 후 전업 작가로 그림에 전념.
1925년	우데의 지원으로 파리 갤러리에서 개인전 개최.
1928년	우데 주최로 최초의 소박파전 〈성심 화가들〉전 개최. 참여자는 앙리 루소, 루이 비뱅, 세라핀 루이, 앙드레 보샹, 카미유 봉부아.
1929년	미술 평론가 발데마르 조지(Waldemar George, 1893~1970) 주최로 〈현대 예술의 파노라마〉전 개최. 참여자는 비뱅, 세라핀, 보샹, 봉부아를 포함해 피에르 보나르, 조르주 브라크, 마르크 샤갈, 로버트 들로네, 라울 뒤피(Raoul Dufy, 1877~1953), 막스 에른스트 등.
1932년	조르주 베른하임 갤러리에서 〈원시적 현대미술〉전 개최, 참여자는 루소, 비뱅, 세라핀, 보샹, 봉부아, 위트릴로, 장 이브(Jean Éve, 1900~1968), 르네 림버트(René Rimbert, 1896~1991).
1934년	뇌졸중으로 한쪽 팔 마비.
1936년 5월 28일	뇌졸중으로 사망. 팡탱(Pantin) 묘지에 묻힘.
1937년	비뱅 사망 1년 후 파리 왕실의 방(Salle Royale)에서 〈유명한 사실주의 대가들〉전 개최. 미국, 독일로 순회전을 함.
1938~1976년	비뱅 사후 총 12회에 걸쳐 모마 기획전 초대. 〈웨딩〉, 〈팡테온〉 모마 소장.
2019년 9월 ~2020년 1월	프랑스 마욜 미술관(Musée Maillol) 〈드와니에 루소부터 세라핀까지〉전 초대.

- Wilhelm Uhde, Ralph Thompson 《Five Primitive Masters》, The Quadrangle Press, 1949

- MUSÉE MAILLOL, 《DU DOUANIER ROUSSEAU À SÉRAPHINE》, Gallimard, 2019

- 마르시아 드상티스, 《프랑스와 사랑에 빠지는 인문학 기행》, 노지양 옮김, 홍익출판사, 2019

- 어니스트 헤밍웨이, 《파리는 날마다 축제》, 주순애 옮김, 이숲, 2012

- 후세 히데토, 《파리 미술관에서 아름다움을 보다》, 서지수 옮김, 재승출판, 2016

* 도판 중 연도가 없는 것은 연도 미상입니다.

루이 비뱅, 화가가 된 파리의 우체부

제1판 1쇄 발행 | 2021년 3월 2일
제1판 5쇄 발행 | 2021년 10월 13일

지은이 | 박혜성
펴낸이 | 유근석
펴낸곳 | 한국경제신문 한경BP
책임편집 | 최경민
교정교열 | 강설빔
저작권 | 백상아
홍보 | 서은실 · 이여진 · 박도현
마케팅 | 배한일 · 김규형
디자인 | 지소영
본문디자인 | 디자인 현

주소 | 서울특별시 중구 청파로 463
기획출판팀 | 02-3604-590, 584
영업마케팅팀 | 02-3604-595, 583   FAX | 02-3604-599
H | http://bp.hankyung.com   E | bp@hankyung.com
F | www.facebook.com/hankyungbp
등록 | 제 2-315(1967. 5. 15)

ISBN 978-89-475-4692-8   03810